FABRICE L'INSATIABLE

LES CYLINDRES TRANSLUCIDES ET AUTRES NOUVELLES

ÉDITIONS MAÏA

Découvrez notre catalogue sur :

https://editions-maia.com

Nos livres sont éthiques et durables : économes en papier et en encre, ils sont conçus et imprimés en France.

ISBN 979-1-04250-382-6
Dépôt légal : avril 2024

C'est maintenant seulement
que tu vas ton chemin de la grandeur !
Sommet et abîme, tous deux maintenant sont confondus.
Tu vas ton chemin de grandeur : maintenant ce qui était
ton suprême danger est devenu ton suprême refuge.
[...]
Maintenant ce qu'il y a de plus doux en toi
doit devenir ce qu'il y a de plus dur.

Nietzsche, *Ainsi parlait Zarathoustra*, Le Voyageur

Accepte.

L'obscurité succède à la lumière du soleil comme l'apaisement succède à l'angoisse, et vice-versa. Tu contemples le mécanisme et l'avenir te menace, car tu te réfugies dans ton passé : que faisais-tu avant ? Que feras-tu demain ?

Regarde, ou plutôt contemple. Tu n'as pas de prise, tu ne peux pas faire grand-chose ; le Seigneur a tracé ta voie et ta main ne peut la dévier, car le tranchant de ta lame s'enfonce dans l'eau sans résistance.

Tu es poussière et tu retourneras à la poussière, dans la douleur, la solitude, l'indifférence ou la paix.

L'urgence te dicte l'inspiration, le film va bientôt commencer, tu n'as pas faim, mais tu sais que ce moment ne va pas durer, car tu ne contrôles pas le temps comme un dieu, même Lui ne peut changer les règles de Sa propre Création ; Il est Amour, Il est Tout, tu n'es rien, mais Son souffle te porte et quand tu observes les nuées tu te surprends à te perdre dans Son infinité.

Pourquoi n'est plus une question, l'ennui te taraude et Il semble prendre un malin plaisir à te torturer, mais tu ne peux plus renier Sa céleste patrie.

Accepte ! Courbe la tête, car tu ne verras jamais que le sol. Et justement… en parlant de terre…

Ma tombe sera magnifique.

Sommaire

Les cylindres translucides

La baignade

Depuis sa tendre enfance, Thomas Schweisser nourrissait un attrait profond pour les grandes maisons et les grandes étendues d'eau – et a fortiori, pour les grandes maisons proches d'une grande étendue d'eau. Ayant ouvert sa propre agence immobilière à l'âge de trente-deux ans, ses revenus financiers lui permettaient heureusement d'assouvir ses deux passions à satiété, puisqu'il passait sa vie entre sa maison et son agence genevoises sur les bords du lac Léman et sa villa sur les hauteurs de Cavalaire-sur-mer.

Depuis sa Suisse natale, il avait choisi d'acheter sa maison de vacances sur la côte varoise pour plusieurs raisons : la région restait relativement épargnée par l'urbanisation touristique, et relativement accessible en voiture puisque le trajet durait environ sept heures depuis Genève. Mais surtout, ce choix lui permettait de s'adonner à sa nouvelle passion : l'exploration sous-marine des côtes rocheuses.

Schweisser s'était en effet résolu à explorer toute la côte de Saint-Tropez jusqu'à Hyères, armé de son masque, de son tuba et de ses palmes – et il envisageait même d'élargir le périmètre à Toulon – Saint-Raphaël, comme pour rendre hommage à l'ancienne ligne de chemin de fer qui reliait jadis les deux villes.

Il faisait en ce lundi 16 mai une température plus élevée que les moyennes de saison, mais loin d'être exceptionnelle. Schweisser savait que l'été pouvait ronger la fin du printemps sur les côtes méditerranéennes, et dans le fond il préférait une chaleur encore supportable et une eau encore fraîche au cocktail touristico-caniculaire de l'été tropézien. Oui, Saint-Tropez, destination balnéaire connue dans le monde entier, n'était qu'à un quart d'heure de voiture, mais ne s'avérait qu'une banale ville côtière hors-saison, tout juste affublée d'une clinique qui résistait aux tentatives préfectorales de fermeture – la clinique de Gassin.

Schweisser avait résolu d'aller se baigner depuis le matin, mais avait été retenu par ses affaires professionnelles. Il était donc presque 16 h quand il résolut d'aller pratiquer ce qu'il appelait de l'*exploration en eaux peu profondes*, seul comme à son habitude, puisque sa femme, amatrice du climat méditerranéen, mais craintive, rechignait encore à apprendre à nager correctement. Il jugea qu'il faisait suffisamment chaud pour se passer de combinaison, embarqua son équipement sommaire (masque, palmes et tuba) dans un sac en plastique qu'il posa sur le siège passager et démarra son véhicule. Ses habitudes de conduite s'étaient muées en automatismes : sortir du chemin de terre qui menait à sa villa, boucler sa ceinture de sécurité avant qu'elle ne se mette à sonner, puis enclencher la climatisation et allumer la radio pour mettre de la musique. Il se rappela instantanément que la clim était en panne et ouvrit les vitres en maugréant, réticent à l'intrusion d'un insecte indésiré.

Il arriva rapidement à la destination prévue : la crique de Bonporteau, de laquelle il devait partir à la nage ou à pied (selon le degré d'immersion des rochers) pour rallier la crique occidentale suivante. Déjà en short de bain à cause de la chaleur de l'habitacle, il sifflota en sortant son sac en plastique, puis regarda les palmes en réfléchissant. Il ne pourrait pas marcher sur les rochers avec, et serait contraint de nager tout le long. Il aurait peut-être trop froid dans l'eau, donc mieux valait privilégier un trajet *hybride* (à pied et à la nage). Il rangea donc les palmes dans le coffre et en sortit une paire de chaussons en néoprène qui lui permettaient de marcher sur les rochers sans trop s'égratigner la plante des pieds. Il ferma la voiture à clé, cacha la clé derrière un cactus et descendit vers la crique en sifflotant toujours, égayé par sa baignade imminente. Il traversa la plage pour se diriger directement vers le pic rocheux à droite, enfila et scratcha ses chaussons de plongée (qui pouvaient le gêner pour nager, mais tant pis), puis son masque sous la lanière de laquelle il glissa son tuba, non sans avoir craché sur la vitre du masque pour éviter la buée. Il avait déjà testé un masque facial, de très bonne qualité du reste, mais avait mal supporté la sensation d'apnée et de difficulté de respiration qu'il n'éprouvait pas avec un masque et un tuba traditionnels.

Il entra dans l'eau en grimaçant. Elle était encore bien fraîche – n'excédant certainement pas 18 ou 19 °C – mais le soleil tapait tellement fort qu'il suffisait de sortir pour être séché en moins d'une minute. Schweisser se maudit intérieurement d'avoir oublié sa crème solaire, et se promit de ne pas rester trop longtemps exposé. Puis il s'immergea et commença à brasser. L'eau était claire et les petits poissons n'avaient pas encore fui les baigneurs. Schweisser prit la peine de se laisser flotter en battant doucement de la pointe des pieds pour ne pas les effrayer. Son attention fut attirée par une soucoupe plate ensablée, surmontée d'une antenne. Une observation plus précise lui permit de distinguer deux petits yeux. N'était-ce pas une baudroie ? Mais elle ne faisait même pas quatre centimètres de diamètre… Quand Schweisser se risqua à tendre le bras, le poisson disparut en un clin d'œil, laissant derrière lui un nuage de sable qui retomba lentement au fond. Schweisser ne s'attarda pas, obligé de nager vigoureusement pour résister à la fraîcheur de l'eau. Bientôt les rochers affleurèrent sous le sable, jusqu'à portée de main. Schweisser se hissa sur un rocher, content de pouvoir se sécher un peu. Il marcha prestement jusqu'à l'autre côté du cap, et vit alors ce qu'il n'avait pas pu voir depuis la plage : une corniche rocheuse avec un rocher relativement plat en contrebas, puis une étendue de mer inévitable – surplombée par une petite falaise escarpée – menant à d'autres rochers en surface qui allaient jusqu'au cap suivant. Schweisser baissa les yeux : la corniche était à environ deux mètres au-dessus du rocher plat. Il ne pouvait pas sauter sans risquer de se blesser. Il frissonna et se rendit compte qu'il était à l'ombre. Levant la tête, il vit le soleil à moitié caché par un nuage. Pas le temps de trop réfléchir : il s'accroupit au bord de la corniche, se retourna et s'agrippa au bord de ses mains en cherchant une encoche où poser son pied. *Si je tombe sur le dos, c'est la fracture assurée,* songea-t-il. Son pied droit trouva une encoche superficielle dans laquelle il ne parvenait pas à s'enfoncer. Son autre jambe pendait dans le vide. Tendant les bras et fléchissant son genou droit, il chercha le rocher plat de son pied gauche, sans visibilité ni succès. Il n'eut alors d'autre choix que se laisser tomber, avec un pressentiment d'accident imminent. Mais en fait, le rocher plat n'était pas aussi bas qu'il le pensait.

Atterrissage réussi. Il souffla, le cœur légèrement battant, puis regarda autour de lui. À sa droite, la falaise escarpée, impraticable ; devant lui, une étendue d'eau de plusieurs brassées ; à sa gauche, la pleine mer – dont la profondeur disproportionnée près des rochers ne manquait jamais de l'impressionner, voire l'effrayer, car il pensait instinctivement qu'un requin avait suffisamment d'espace pour nager, en dépit de l'improbabilité d'une telle présence.

Pas le choix : il fallait retourner à l'eau, malgré la fraîcheur et la position ombragée. Il remit son masque et son tuba et se força à sauter dans l'eau, en faisant attention à ne pas s'écorcher les pieds sur les rocs sous-marins. Mais l'eau était assez profonde pour nager tranquillement, et il recommença à brasser vigoureusement.

Soudain, il fut surpris par une forme mouvante sur sa droite et sursauta. Il distingua alors dans l'eau, à environ deux mètres de lui, une espèce de méduse translucide de forme cylindrique, d'environ vingt centimètres de longueur, mais dépourvue de tentacules. Était-ce un sac en plastique ? Non, il s'agissait bien d'un animal marin, dont le corps ne consistait qu'en une fine membrane cylindrique, ouverte en haut et en bas et vide au milieu. Comme un tube gélatineux, souple et translucide, quoique blanchâtre comme une méduse, sans les petits tentacules violets qui caractérisaient la venimosité des méduses locales.

Par prudence, Schweisser remonta sur le rocher plat, gardant à l'œil le cylindre translucide, qui dérivait maintenant à quelques centimètres sous la surface. *Normalement, les méduses se déplacent par bancs, poussées vers les côtes par les courants et les vents. Mais il arrive aussi qu'il y ait des individus isolés, et rien ne prouve que ce cylindre translucide se déplace comme une méduse. D'un autre côté, c'est peut-être une espèce rare, encore plus venimeuse que les méduses. Schweisser hésitait.*

Puis son envie d'exploration reprit le dessus. Après tout, le cylindre était désormais suffisamment éloigné. Schweisser retourna dans l'eau. Mais cette rencontre improbable l'avait intimidé. Il scruta sous la surface de la mer avec son masque. L'eau était trouble et la visibilité mauvaise. *Conditions idéales pour une attaque de requin*, songea Schweisser dans un élan d'irrationalité mentale. Puis, comme par magie, le nuage qui obscurcissait le soleil s'écarta et les rayons solaires pénétrèrent la mer. Mû par cette énergie lumineuse, Schweisser se remit à brasser vigoureusement pour traverser l'étendue d'eau.

C'est alors qu'il les vit à travers son masque. D'autres cylindres translucides. Des dizaines, seulement espacés d'un ou deux mètres. Partout dans l'étendue d'eau, pas seulement en surface, mais aussi en profondeur. Une véritable colonie. Ce n'était pas des sacs en plastique. Et il y en avait autour de lui.

Un nouvel élan de panique piqua le cœur de Schweisser, mais sa rationalité reprit rapidement le dessus. Cette fois il n'avait plus du tout envie de rester dans l'eau et il décida de retourner à sa voiture. Mais il fallait sortir de l'eau de toute façon. Il ne pouvait pas se hisser sur la corniche depuis le rocher plat. Il fallait donc rentrer à la nage. Schweisser allongea le pied pour toucher un cylindre avec son chausson de plongée. Il ne sentit rien à travers le néoprène. Un élan d'adrénaline le poussa à se lancer dans une nage effrénée. Il sentit qu'il touchait plusieurs cylindres. Le contact était visqueux et mou, mais doux et indolore. Cela le rassurait au fur et à mesure qu'il nageait. En moins de dix minutes, il fut devant sa voiture. Il reprit la clé de contact en faisant attention aux piquants du cactus. *J'aurais dû les prendre en photo pour demander ce que c'est*, songea-t-il. Mais il avait laissé son iPhone à la maison, car il ne pouvait le laisser dans la chaleur accablante de l'habitacle de sa voiture. Il démarra le contact. L'écran de bord indiquait 16 h 29 et 33 °C. Il maudit la clim en panne, réouvrit les vitres et reprit le chemin du retour.

Insolation

Il se sentait très fatigué, lourd et légèrement abruti, ce qui était étonnant vu le peu d'activité physique qu'il avait pratiqué. *J'ai dû choper un coup de soleil sur la tête*, se dit-il. Il sortait rarement avec une casquette, même s'il savait qu'il pouvait attraper un coup de soleil à travers ses cheveux courts, car cela lui était déjà arrivé aux Canaries. *Il s'en était rendu compte en peinant à mettre ses lunettes de soleil, car ses tempes avaient gonflé.* Mais il avait oublié ses lunettes de soleil ce lundi.

Cinq minutes de trajet lui suffirent à regagner sa villa. Il se gara sur le chemin de terre, sortit son équipement aquatique pour le rincer au robinet du jardin et laissa tout sécher sur une pierre plate au soleil. Qui viendrait voler une paire de chaussons de plongée usés, un masque bas de gamme et un vieux tuba ? Sa femme l'attendait probablement dans le jardin, en train de bronzer sur un transat. Il passa le portail et, la voyant de loin de dos, décida de lui faire une surprise. Il s'approcha silencieusement pieds nus et l'embrassa dans le cou. Elle poussa d'abord un petit cri court de faible intensité, tourna la tête vers son mari, et écarquilla les yeux avant de se mettre à hurler de toute la force de ses poumons. Schweisser recula en sursautant, choqué. Sa femme se leva en panique et s'enfuit en courant vers la baie vitrée, manquant de trébucher sur un parasol. Toujours sous le choc, Schweisser la suivit en marchant et en l'appelant par son prénom pour tenter de la calmer.

Ce n'est qu'en entrant dans le salon par la baie vitrée qu'il aperçut son propre reflet dans le miroir en cap du vestibule : simplement vêtu d'un short de bain, son corps entier était rouge et couvert de boursouflures. C'était bien une insolation, et pas des moindres. Mais il était surpris de ne pas se sentir plus mal malgré son apparence presque monstrueuse. Il appela sa femme qui était montée à l'étage – sans réponse. Il monta lentement les marches de l'escalier, en l'appelant encore. Il entendit le déclic de la clé de la porte de la chambre – dans laquelle sa femme venait de s'enfermer. *Quelle hystérique*, pensa-t-il. *Impossible de compter sur elle...* Mais il gardait un mince espoir de la raisonner :

— Chérie il faut que j'aille à l'hôpital ! Ouvre la porte et viens avec moi !

— NON ! hurla-t-elle.

— Chérie il faut que tu m'accompagnes ! Si je fais un malaise sur le trajet...

— Les pompiers ! Appelle les pompiers !

Puis il l'entendit appeler sa mère :

— Maman, y a Thomas qui a chopé une infection bizarre ! Son corps est tout rouge, plein de plaques, si ça se trouve c'est contagieux... (Réponse imperceptible.) Non il a l'air complètement à l'ouest, il me fait peur !

Le mince espoir de Schweisser s'était évaporé. Assommé, il comprenait que non seulement sa femme ne lui serait d'aucune aide, mais qu'en plus elle pouvait aggraver la situation en communiquant son angoisse. Heureusement qu'il était en état de conduire. Il se résolut donc à se rendre seul en voiture à l'hôpital le plus proche : la clinique de Gassin.

Aux urgences

Le trajet ne dura pas plus d'un quart d'heure. Schweisser se sentait de plus en plus lourd, mais paradoxalement calme. Il pouvait bouger normalement, mais lentement. En arrivant à l'hôpital, il sentit des démangeaisons très nettes sur tout le corps, mais surtout sur les parties les moins charnues comme les poignets et les chevilles. Pressé, il se gara sur une place pour handicapés sans tenir compte de l'interdiction. Un coup de klaxon le sanctionna aussitôt, en provenance d'une voiture garée derrière. Schweisser sortit de sa voiture au même moment que l'impudent, qui s'apprêtait à lui faire une remarque, mais garda la bouche grande ouverte et écarquilla les yeux en voyant son état. Schweisser n'avait même pas pris la peine d'endosser un t-shirt... Il marcha aussi vite qu'il pouvait – c'est-à-dire pesamment – vers une double porte battante surplombée d'un panneau URGENCES – ENTRÉE.

Sans prêter attention à personne, il se dirigea directement vers le guichet d'accueil. La femme du guichet, protégée par un hygiaphone, lui indiqua sans même lui poser de question :

— Bonjour Monsieur. Vous devez aller aux urgences dermatologiques, bâtiment B. Ici vous êtes au bâtiment A. Il faut ressortir et prendre sur votre droite. Vous avez une carte vitale ?

— Non, désolé...

— Vous avez une mutuelle ?

— Oui, une mutuelle suisse.

— Ah, vous êtes de nationalité étrangère ?

— (Prenant le soin de bien articuler malgré sa bouche pâteuse :) Vous êtes sûre que c'est le bon moment de me demander ça ?

— Si vous n'avez pas de carte vitale, on ne va pas vous prendre au bloc opératoire. C'est pour ça. Attendez, j'appelle ma collègue... (Elle décrocha son téléphone.) Oui, il y a un monsieur qui souffre de contusions cutanées sur tout le corps, mais il n'a pas d'assurance maladie, seulement une mutuelle suisse... La Suisse c'est pas en Union européenne ? Ah c'est dans l'espace Schengen... OK, merci. (Elle raccrocha.) C'est bon allez-y, mais précisez bien que vous êtes de nationalité étrangère, d'un pays situé dans l'espace Schengen, mais pas en Union européenne.

— C'est où ?

— Ressortez du bâtiment, ensuite le bâtiment à droite, l'entrée principale, au bout du couloir.

Une sensation mentale de surréalisme envahissait Schweisser tandis que la sensation physique de démangeaison s'accentuait. Il fut surpris d'arriver aux urgences dermatologiques sans se tromper, comme guidé par pilotage automatique. Il fut également surpris d'être immédiatement pris en charge par le personnel sur place, surpris qu'ils fassent leur travail aussi rapidement. Toujours sous l'emprise de ce détachement de son propre corps, il se retrouva allongé et perfusé sur un lit roulant. Un homme en blouse blanche se pencha sur lui :

— Bonjour, je suis le médecin de garde. Que vous arrive-t-il ?

— Je suis allé me baigner cet après-midi. (Sa bouche était de plus en plus pâteuse, mais il parvenait quand même à parler. *Pourquoi ce médecin ne donnait-il pas son nom ? Cela pouvait être important pour la suite.)* J'ai été en contact avec des espèces de petits organismes marins translucides...

— Des méduses ?

— Je ne sais pas. Ils n'avaient pas de tentacules... On aurait dit des cylindres transparents. Ils ne semblaient pas vénéneux, je les ai touchés plusieurs fois sans douleur...

— Où avez-vous été touché ?

— Aux mains, aux jambes, au torse... J'étais en train de nager... Je ne pouvais pas les éviter, vous comprenez ?

— Avez-vous été exposé au soleil ?

— Oui... enfin non... pas très longtemps... même pas une demi-heure...

— Une insolation peut se produire en dix minutes d'exposition.

— Et ces cylindres transparents ? Vous savez ce que ça peut être ?

— Je vais me renseigner auprès de notre expert zoo-aquatique. Donnez-moi votre bras, je vais vous prendre la tension.

— Aïe !

Une simple pression tactile occasionnait à Schweisser une douleur intense.

— Vous avez mal ?

— Quand vous me touchez oui !

— Sur une échelle de 1 à 10, comment classeriez-vous votre douleur ?

— Je ne sais pas... 9 quand vous me touchez, 1 quand vous me touchez pas...

— Vous avez une sensation de brûlure ?

— Pas vraiment, un peu, enfin je sais pas... vous voyez bien que je suis complètement rouge quand même ?

— En effet. (Après une courte réflexion :) C'est peut-être une réaction allergique. Je vais vous mettre sous cortisone pour calmer l'inflammation. Ensuite nous ferons des analyses plus poussées. Je vais vous mettre dans la chambre 78. C'est une chambre individuelle.

Le médecin fit signe à un infirmier qui poussa le lit roulant le long du couloir jusqu'à la chambre 78. Schweisser fut ébloui par la lumière du soleil et gémit. « Attendez, je vais fermer le store, réagit professionnellement l'infirmier. Ensuite je vais vous administrer de la cortisone par voie intraveineuse et vous irez mieux. »

Une fois le rideau métallique baissé, la chambre était plongée dans une obscurité presque complète, à part une mince ligne lumineuse verticale. L'infirmier brancha un tuyau sur une sonde remplie d'un liquide transparent que Schweisser vit passer dans le tuyau jusqu'à la seringue fichée dans le creux de son bras – étonnamment, l'intérieur de ses bras était moins atteint et donc moins sensible.

D'ordinaire, Schweisser ne supportait pas les injections, même visuellement. Mais il ne sentait maintenant rien d'autre qu'un liquide tiède remplir ses veines d'un apaisement interne. Il ne prit même pas la peine de répondre quand l'infirmier lui demanda si ça allait. Il ne savait même plus s'il pouvait encore parler. Il sentait sa peau se dégonfler presque instantanément sous l'effet de la cortisone. Son esprit était tiraillé par deux sensations contradictoires : cette obscurité rassurante procurée par le store baissé, menacée par la ligne de lumière éclatante qui poignait en dessous et à travers les minuscules trous du store, lui rappelant ce soleil de plomb qui lui avait tant meurtri la peau cet après-midi. Il se sentait également happé par un besoin de sommeil puissant. Était-ce l'effet de la cortisone ? En temps normal, l'insolation lui aurait valu une nuit d'insomnie à se retourner douloureusement dans tous les sens. Une petite musique obsédante tournait dans son cerveau, tandis qu'il revoyait le visage terrorisé de sa femme quand elle avait tourné la tête vers lui. S'ensuivait la séquence de sa femme en train de monter les marches quatre à quatre, manquant de s'affaler sur le menton – mais en fait, *il ne l'avait pas vue en train de monter l'escalier, car elle s'était enfuie trop vite* – alors d'où venait cette séquence ? De son imagination ? Et ces cylindres translucides, comment se faisait-il qu'il ne les avait aperçus qu'*après* avoir sauté dans l'eau, et pas depuis le rocher plat ? Et pourquoi ce contraste entre le professionnalisme du médecin de garde et de l'infirmier et les questions bureaucratiques complètement incongrues de la secrétaire d'accueil ? Et pourquoi la douleur ne se manifestait que ponctuellement par contact tactile, au lieu d'irradier son système nerveux en permanence ?

Allongé sur le dos, la bouche ouverte, un tuyau fiché dans le creux du bras, Schweisser ronflait dans la pénombre de la chambre 78, simplement pourvue d'un lit, d'une chaise et d'une table pliable sur laquelle était posé un petit réveil rectangulaire à écran rétro-luminescent qui indiquait 18 h 02.

Un quart d'heure de retard

La salle de garde des urgences dermatologiques de l'hôpital de Gassin était plongée dans un profond silence, uniquement perturbé par le grésillement des néons allumés, générant une lumière blanche et crue qui rendait difficile la distinction entre la nuit et le jour. Mais la grosse horloge circulaire fixée au mur laissait peu d'ambiguïté, car son cadran affichait 1 h 15. Une porte s'ouvrit et des pas pressés claquèrent sur le linoléum, suivis par une voix féminine entre deux âges, affublée d'un accent provençal : « Oui désolée je suis en retard... J'avais oublié mon téléphone... J'arrive de suite là. »

Heureusement qu'il n'y avait personne, car la direction n'aimait pas trop les retards. La collègue n'avait pas pu rester à cause d'une urgence en réanimation, mais elle n'était pas du genre à balancer. L'infirmière de nuit raccrocha son téléphone, posa son sac à main sur le guichet et s'assit sur le siège vacant qui trônait derrière. Son regard fut immédiatement attiré par un voyant rouge sur le panneau d'alarme des chambres, que chaque patient pouvait activer à distance en appuyant sur un bouton dédié : c'était le voyant de la chambre 78.

L'infirmière soupira, prit une feuille avec une liste de noms sur le guichet, se leva et se dirigea vers la chambre 78. Elle consulta sa liste avant de frapper à la porte : « Monsieur Schwessé ? ». Aucune réponse. Il fallait ne pas faire trop de bruit pour ne pas réveiller les autres patients. Elle frappa encore, puis entra.

La chambre était plongée dans le noir. La lumière du couloir permettait à l'infirmière de distinguer la silhouette d'un homme allongé sur le lit, qui semblait dormir paisiblement. Mais alors, pourquoi s'était-il réveillé pour appuyer sur le bouton d'alarme ? Le doigt de l'infirmière se posa sur l'interrupteur. Elle alluma le plafonnier de la chambre. Il fallut une fraction de seconde à son cerveau pour interpréter ce qu'elle vit et une autre fraction pour manifester sa réaction par un cri d'horreur.

L'homme était vêtu uniquement d'un short de bain, les paumes tournées vers le haut et les doigts recroquevillés. La texture de sa peau était parcheminée, partant en lambeaux, parcourue de stries violacées, ses cheveux à moitié blanchis. Ses paupières étaient tellement gonflées qu'elles couvraient ses yeux. Sa langue violette sortait de ses lèvres hypertrophiées et éclatées.

L'infirmière poussa un autre cri, comme pour confirmer la réalité de ce qu'elle venait de voir, et courut dans le couloir pour aller avertir la direction. Réveillé, un patient d'un certain âge passa sa tête par la porte de sa chambre pour voir ce qui se passait. Il ne vit qu'un couloir vide, crûment éclairé par la lumière aveuglante des néons.

Thomas Schweisser †

L'horloge de la salle de repos des urgences dermatologiques de l'hôpital de Gassin sonna neuf heures. Le soleil brillait déjà depuis longtemps dans le ciel, irradiant le bitume et les bâtiments blancs. Debout, deux médecins en blouse blanche à manches courtes examinaient ensemble un document intitulé *Certificat de décès.*

— Le décès a été constaté cette nuit à une heure et quart. Sale affaire...

— Il est mort étouffé ?

— Oui, par gonflement des tissus internes du larynx.

— Qu'est-ce qui a provoqué cela ?

— Une réaction allergique, sans doute.

— Vous avez lu le compte-rendu ? Il parle d'un contact avec des espèces de méduses...

— Oui, on l'a transmis à notre expert zoo-aquatique. Il a répondu que cette description ne correspond à aucune espèce répertoriée. Et de toute façon les méduses ne peuvent pas causer de réactions allergiques. Je pense plutôt qu'il s'est fait piquer par un frelon et qu'il a eu une crise hallucinatoire.

— On a trouvé des traces de piqûres ?

— Il faudrait examiner le corps. Et faire une autopsie, mais il faut l'accord de l'ambassade de Suisse au préalable.

— Ses proches ont été prévenus ?

— Pour l'instant on cherche quelle est sa voiture... On a retrouvé une clé Volkswagen dans sa poche de short... Ensuite faudra voir avec le service communication...

— Imaginez si ça fuite dans la presse...

— Houla, vaut mieux pas. Panique générale en perspective...

— Comment s'appelle, euh s'appelait-il ?

— Schweisser. Thomas Schweisser. Il avait une villa dans le coin, visiblement.

— Jamais entendu... C'est les héritiers qui vont être contents.

Le collègue émit un ricanement cynique, ayant pris dans le corps médical l'habitude de se protéger mentalement par l'humour noir. Les deux médecins échangèrent quelques banalités sur les conflits de succession concernant les riches propriétés de la Côte d'Azur, puis chacun retourna à son service respectif.

Intégralement recouvert d'un sac mortuaire noirâtre comme un sac poubelle très épais, le corps reposait sur le même lit roulant qui l'avait accueilli de son vivant. Un infirmier se chargea de le faire rouler jusqu'à la morgue pour le mettre au frais avant que la putréfaction n'entame son sinistre processus. *Un cadavre de bon matin, ça porte malheur*, se dit l'infirmier. Puis il pensa à sa prochaine pause café-cigarette de 10 h en laissant claquer la double porte.

Dans le couloir encore inutilement éclairé par les néons, les rayons du soleil dardaient à travers les portes restées ouvertes des chambres vides. Dans le cadre des fenêtres aux stores plus ou moins remontés, le ciel continuait à afficher son bleu imperturbable.

Le chevalier, la fiancée et le troubadour

Il était une fois dans le village de Chaumes un Chevalier nommé Bertrand qui s'entraînait dur à l'art du combat, afin de pouvoir servir l'Ordre et la Justice. Il était fiancé à la fille d'un couple d'amis de ses parents. Marie était très belle, la plus belle du village. Mais elle s'ennuyait dans ce petit village. Elle rêvait de vivre à la ville pour pouvoir acheter de belles robes et se rendre à des bals costumés. Elle aimait le Chevalier, mais elle avait peur qu'il meure au combat. Elle voulait qu'il devienne marchand et qu'ils aillent s'installer ensemble à la ville. Mais le Chevalier voulait l'épouser, lui faire des enfants et partir à la guerre.

Un jour, un Troubadour arriva avec sa troupe dans le petit village. Il se mit à donner des représentations avec sa troupe et à chanter tous les soirs sur la place du village. Il chantait une chanson triste sur sa femme qui s'était suicidée par amour pour lui. Quand elle entendit cette chanson, Marie en fut émue jusqu'aux larmes. Elle fut prise de pitié pour lui et décida de prier pour lui. Le Troubadour remarqua son émoi. Il alla la voir et lui enjoignit de ne pas être trop triste pour lui, car il menait une vie de bohème en chantant ses chansons de village en village. Il lui proposa de le suivre. Mais Marie était fiancée au Chevalier.

Remarquant la tristesse de sa Fiancée, le Chevalier alla voir le Troubadour. Il l'accusa de chercher à séduire Marie. Le Troubadour s'excusa en disant qu'il supportait mal la mort de sa femme, qui avait été brûlée vive pour sorcellerie. Il promit qu'il allait partir et ne plus revenir. Il partit le lendemain. Mais le Chevalier ne trouvait plus sa Fiancée. Il soupçonnait le Troubadour de l'avoir enlevée. Il décida de poursuivre le Troubadour pour retrouver sa Fiancée.

La troupe du Troubadour avait un jour d'avance sur lui. Le Chevalier traversa un premier village appelé Corneval. Un garçon de ferme lui dit qu'il avait une lettre pour un chevalier nommé Bertrand. C'était une lettre de sa Fiancée qui lui annonçait qu'elle était tombée amoureuse du Troubadour et qu'elle voulait le suivre partout. Le Chevalier fut pris d'une colère noire et décida de retrouver le Troubadour coûte que coûte pour le punir et ramener sa Fiancée.

Le Chevalier traversa un second village appelé Champfaucon. On lui indiqua que la troupe du Troubadour venait tous les ans célébrer l'équinoxe d'automne sur une colline élevée proche du village de Givremont, où la femme du Troubadour avait été brûlée.

Le Chevalier décida de se rendre dans ce troisième village. Une fois arrivé là-bas, il dit aux habitants qu'il cherchait le Troubadour et les menaça de représailles s'ils ne le livraient pas. Mais les habitants de Givremont répondirent qu'ils avaient condamné le Troubadour à mort par contumace, qu'ils ne l'avaient pas revu depuis des années, et qu'il se cachait avec sa troupe dans les collines environnantes quand il passait dans la région.

Intrigué, le Chevalier demanda à voir le procès-verbal du jugement. Il était question d'un certain Tristan et d'une certaine Madeleine. Ils étaient accusés par le tribunal local d'avoir commis des actes incestueux, étant frère et sœur. Ils avaient été condamnés à mort tous les deux pour inceste, mais Tristan s'était enfui et avait laissé Madeleine se faire exécuter sans lui porter secours. Le Chevalier comprit que le Troubadour avait menti à propos de sa femme – qui était en réalité sa sœur.

Le Chevalier demanda aux habitants de Givremont pourquoi ils ne pourchassaient pas le condamné pour l'exécuter. On lui répondit que Tristan était un sorcier doté de pouvoirs d'envoûtement et qu'il avait fait un pacte avec le Diable. Bertrand comprit que les villageois de Givremont craignaient Tristan et qu'ils ne l'aideraient pas à le poursuivre.

Pendant plusieurs jours, le Chevalier explora les collines environnantes pour retrouver le Troubadour et sa troupe. Il finit par les repérer grâce à la fumée de leur feu de camp. Il attendit l'équinoxe d'automne et assista de loin au rituel de la troupe. Quand les membres de la troupe furent tous endormis, Bertrand les tua un par un dans leur sommeil. Il trouva le Troubadour et sa Fiancée Marie en train de dormir côte à côte. Lorsqu'il s'approcha avec son épée en main, Tristan se réveilla.

Le pointant du doigt avec fureur, le Chevalier s'adressa au Troubadour :

— Tu es un séducteur, un menteur et un lâche. Tu as séduit ma Fiancée pour la détourner de moi et l'emmener avec toi sur les sentiers du vice. Tu as menti à propos de ta femme qui a été condamnée à mort pour avoir commis l'inceste avec toi. Et tu as été lâche en t'enfuyant et en la laissant mourir seule. Maintenant je vais exécuter la sentence à laquelle le tribunal de Givremont t'a condamné.

— Avant de me tuer, écoute-moi. Oui, je suis un lâche. Je me suis enfui en laissant Madeleine aux mains des villageois, car j'avais peur de mourir. Oui, je suis un séducteur. J'ai séduit ta Fiancée parce que l'amour de Madeleine me manque trop. Oui, je suis un menteur. J'ai menti à ta Fiancée en embellissant mon histoire, car c'est la seule manière de conquérir le cœur des femmes. Si tu avais su lui mentir de cette façon toi aussi, elle t'aimerait plus que moi. Cependant je n'ai menti qu'à moitié. Mais cela, tu ne le sauras que quand je serai mort.

— Puisque tu as fini de parler, laissons les armes décider de ton sort.

Et le Chevalier défia le Troubadour en duel à l'épée. Mais le Troubadour était malhabile au maniement des armes. Bien que Tristan se défende de toutes ses forces, le Chevalier eut rapidement le dessus sur lui. Il le blessa à l'épaule, lui arrachant un cri. Le cri réveilla Marie. Terrifiée, elle supplia le Chevalier d'épargner le Troubadour, promettant qu'elle reviendrait se marier avec lui s'il laissait à Tristan la vie sauve. Mais le Chevalier fut implacable et acheva le Troubadour blessé.

Marie fut tellement choquée qu'elle s'évanouit. Le Chevalier la prit sur sa monture et la ramena à Chaumes. Elle dormit pendant plusieurs jours. Quand elle se réveilla, Bertrand lui annonça qu'il allait l'épouser. Apathique, elle semblait résignée.

Vint le jour de la cérémonie. Le Chevalier s'était radouci et avait pardonné à sa Fiancée son incartade. De son côté, elle n'avait pas prononcé un mot depuis son retour, mais ne s'était pas opposée au mariage. La cérémonie eut donc lieu.

Dans l'église, tout le monde trouva que le Chevalier avait fière mine, mais que la Fiancée était très pâle. Elle s'avançait très lentement vers l'autel. Le Chevalier la prit par le bras pour la supporter. Quand ils arrivèrent ensemble à l'autel, elle s'effondra par terre, agonisante. Affolé, Bertrand se pencha vers elle. Avant de rendre son dernier soupir, elle lui tendit deux objets qu'elle avait dissimulés dans les plis de sa robe : le parchemin de la complainte de Tristan, et une fiole de poison.

En relisant les paroles de la chanson du défunt Troubadour, le Chevalier se rappela ses dernières paroles : « Cependant je n'ai menti qu'à moitié. Mais cela, tu ne le sauras que quand je serai mort. » Conformément à la chanson, Marie s'était empoisonnée par amour pour lui.

Nouvelle sous Effexor

Tout à l'heure, dans les couloirs du métro, je me suis demandé si j'étais en train de vivre ou de rêver. J'étais en pleine descente. La lumière criante des néons, les panneaux publicitaires couverts de mannequins dénudés ou de comiques à la mode, le son guilleret mais légèrement distordu de l'accordéon sortant d'un ampli bon marché, le bruit des rames qui arrivaient et repartaient, le pas pressé des gens qui passaient comme des fantômes, tout ça m'a soudain paru irréel. Sans la lumière et tout le bruit qui m'obligeait à augmenter le son de mon Walkman, j'aurais pu me croire dans le hall d'un immense château, traversé par des ombres furtives. Je suis monté dans une rame de métro comme dans un vaisseau spatial qui me ramenait d'une galaxie lointaine vers la réalité.

En prenant l'escalator, je réalise qu'il fait déjà nuit. J'ai l'impression de pas avoir vu la lumière du jour depuis une éternité – impression renforcée par l'éclat artificiel des lampadaires et des enseignes publicitaires. Le bruit des voitures – ça doit être l'heure de pointe – m'oblige à augmenter encore plus le volume. Les écouteurs m'écorchent les oreilles sans parvenir à couvrir le tumulte extérieur. Agacé, j'éteins mon Walkman et j'allume une cigarette.

En arrivant chez moi, je remarque que la télé est allumée ; j'ai dû oublier de l'éteindre en partant. Par réflexe, j'ouvre la fenêtre pour aérer et je consulte mon répondeur. Sandrine m'a laissé deux messages, mais je n'ai aucune envie de la rappeler. Brusquement, le téléphone sonne, et je me mets à flipper. Puis je me dis que si je décroche, je n'aurai pas à la rappeler.

— Allô ?

Ce n'est pas elle.

— Ouais c'est Bastien.

— Ah. J'ai cru que c'était Sandrine.

— Non non.

Il cherche un truc à dire, du style *ça va ?* Comme il ne trouve rien, il va droit au but :

— Dis-moi, je retrouve pas mes feuilles, tu les aurais pas prises par hasard ?

Je zappe machinalement d'une chaîne à l'autre pour voir ce qu'il y a, télécommande dans une main et combiné sur l'oreille dans l'autre. Je coince le combiné entre ma tête et mon épaule, fouille mes poches de la main droite sans conviction puis je réponds non. Il soupire.

— Pourquoi tu vas pas en acheter ?

— Ça me saoule, je suis sûr d'avoir acheté un paquet ce matin.

Je hausse les épaules, pourtant conscient qu'il ne me voit pas. Instantanément, je l'imagine affalé dans son canapé, trop fainéant pour se bouger le cul pour chercher ses feuilles ou aller en racheter.

— Sinon, tu fais quoi là ?

— Je viens juste de rentrer.

Il a l'air d'oublier que j'étais chez lui il y a une demi-heure. Sans même prendre la peine de faire celui qui se rappelle, il enchaîne :

— Ça te dit de repasser tout à l'heure ?

— Euh ouais, pourquoi pas ?

— Bon, ben tu me rappelles ?

— OK. À toute.

Je raccroche, sachant pertinemment que je ne le rappellerai pas. Sur TF1, il y a une émission débile style Loft Story, sauf que les candidats sont obligés de chanter et de danser. Je passe sur Canal+, et par chance je tombe sur le Zapping. Je me pose sur le canapé, ouvre un paquet de chips qui traîne sur la table basse et commence à rouler un joint.

Plus tard dans la soirée, je me retrouve par je ne sais quel hasard au Gibus dans une soirée drum'n'bass. Bien que je sois quasi certain de ne pas l'avoir rappelé, Bastien se trouve en face de moi. Il y a aussi David, Guillaume et Thomas. J'ai soif et je bois un verre de whisky-coca, mais ma gorge redevient sèche après chaque gorgée que j'avale. Assis à côté de moi, David roule discrètement un joint sous la table. Je suis envahi par une sensation de déjà-vu. Il me semble avoir déjà été assis à cette table des centaines de fois – avec les mêmes personnes, la même musique, les mêmes bonasses en t-shirt moulant devant moi, la même odeur de tabac et d'alcool – à laquelle s'ajoute celle du shit quand David allume son pétard. Je me rends compte que je passe toutes mes soirées en boîte sans jamais danser. Cette idée m'horripile. Au bout d'un moment je me lève, faisant mine d'aller aux toilettes. Je sors à l'air libre, allume une cigarette. Comme elle me rappelle l'odeur de l'intérieur, je la jette après avoir tiré quelques lattes. Je me sens vide, sans consistance, un peu défoncé mais pas assez pour ne plus penser à rien.

— Alors mec, qu'est-ce que tu fais ?

Je me retourne. C'est Bastien. Il a les yeux rouges et un air enjoué.

— Rien. J'voulais prendre l'air.

— Ça va pas ? T'as pas l'air dans le trip.

J'essaie de le rassurer.

— Si si t'inquiète. C'est juste que j'suis un peu claqué.

Il hausse les épaules, sourit.

— Tu veux pas rouler un p'tit pèt' pour te motiver ?

Je baisse les yeux, en me demandant si j'ai le choix.

Je me réveille en sueur et repousse la couette. Qu'est-ce qui vient de se passer dans mon rêve ? Il y avait une fille sexy, qui n'était pas Sandrine. J'étais attiré vers elle et je voulais la toucher, mais mes doigts s'enfonçaient en elle comme dans de la pâte à modeler. Et puis tout d'un coup elle changeait de visage, et c'était horrible mais j'ignore pourquoi. Je jette un coup d'œil à mon réveil : il est midi passé. J'hésite entre allumer une clope ou rouler un joint pour me rendormir.

Finalement je me lève pour prendre un petit-déjeuner. Je me demande ce que j'ai comme cours cet après-midi, à quelle heure c'est et si je vais y aller ou pas.

Sandrine me regarde en rigolant et montre mon front du doigt :

— Tu t'es mis à ronfler et y a la trace du cahier sur ton front !

— Ah merde…

Je me retiens d'ajouter *lol* parce que j'ai pas envie de passer pour un bouffon qui passe son temps sur son ordi à parler en langage SMS. Déjà que j'ai dû me faire griller par la prof en train de dormir en cours…

— Au fait, si tu cherches de la beu, j'ai de la super nat' chez moi.

C'est vrai que je lui ai demandé si elle en a, car je suis à court. Du coup…

— Cool. Y a moyen qu'on déjeune ensemble ?

— Oui pas de souci, t'as qu'à venir. Tu vas voir elle est bien, pas trop forte. Moi je fume que de la naturelle.

On va chez elle. Elle habite seule, son matelas est posé à même le sol.

— Tu veux manger quoi ? J'ai de la moussaka, c'est vachement bon…

— Euh, bof… T'as pas des œufs ? Genre une omelette. Ou au pire on va chez moi, j'ai le frigo plein.

— Ouais si tu veux.

Elle me montre sa beu contenue dans un grand sachet transparent qui sert normalement à stocker de la bouffe pour poissons. Il doit y avoir 25 g – de quoi tenir pour moi pendant un mois.

— Tu veux pas qu'on s'en roule un là tout de suite ?

— Ah non sinon je vais pas pouvoir suivre cet aprèm…

Studieuse, la meuf. Elle a une coupe de gouinasse (d'ailleurs elle se dit ouvertement bi), elle fume de l'herbe, elle fait des nuits blanches dans des bars en semaine et couche avec des inconnus d'un soir, mais elle ne veut pas aller en cours défoncée parce qu'elle aurait du mal à suivre. *Lol* bis.

En fait je l'aime bien et j'aimerais bien coucher avec elle, mais j'ai pas envie de *sortir* officiellement avec elle. Y a quelque chose qui me dérange dans sa personnalité, elle est trop hypocrite et humaniste de gauche bien-pensante. Une fois par exemple, j'ai dit que je n'avais aucune compassion pour les gens qui se faisaient contaminer par le VIH – sous-entendu qu'ils avaient eu une conduite à risque qu'ils devaient assumer. Elle l'avait pris calmement, mais mal : elle était partie de la cour d'honneur en disant « moi je peux pas entendre des choses comme ça ». Elle s'attendait peut-être à ce que je la suive à l'intérieur pour m'excuser, mais j'étais resté assis. J'étais même prêt à surenchérir... Mais on en avait jamais reparlé.

— Ce soir y a American History X qui passe à la télé. On n'a qu'à se le mater ensemble avec un bon pèt'. Et on fera le truc à faire pour demain avant, si tu veux.

Et ensuite on baisera ensemble, si tu veux.

— Ouais pourquoi pas ?

Ça veut dire qu'il y a moyen. Cool.

Je rappelle Sandrine vers 18 h pour lui proposer d'aller chez elle, toujours dans l'idée de mater le film ensemble. Mais en fait elle n'a pas la télé et elle a déjà commencé à faire le devoir. Je me retrouve comme un con.

— Bon, ben tant pis, à demain alors.

— Saaalut à demain.

Je me roule un joint de sa beu et vais le fumer sur mon balcon. Le pèt' allumé dégage une odeur de barbecue. Je suis obligé de tirer assez fort pour sentir la fumée dans ma gorge et ça me fait tousser. J'ai dû mettre trop de beu. C'est vrai qu'elle est pas forte... Je ne suis même pas défoncé à la fin du pétard. Je m'allonge sans trop d'effets, pas envie de dormir. J'ai plus qu'à me relever pour en rouler un autre.

J'espère que je vais pas encore rêver d'elle cette nuit, parce que ça me ferait chier de la revoir demain en cours avec le souvenir d'avoir rêvé d'elle encore en tête.

Par exemple si je rêve qu'elle me suce, je vais la revoir demain et quand elle va venir me dire bonjour, je vais avoir l'image d'elle en train de me sucer dans mon rêve pendant qu'elle me parlera, et je serai super gêné. Et en plus y a moyen qu'elle remarque ma gêne et qu'elle me demande pourquoi, et comme je sais pas mentir je serai obligé de lui dire la vérité.

Je suis en train de me prendre la tête là. Pourquoi je me prends la tête à penser à cette meuf de gauche qui a les cheveux courts et des boutons plein la gueule, et qui traîne avec David le triso alors qu'elle se fout de sa gueule dans son dos ? Et avec Karine la pouffiasse qui m'a tapé un scandale quand elle a vu le patch White Resistance sur mon sac, en mode « quoi, mais y a encore des gens qui sont racistes en 2003 ? ». Karine la tebé qui fume aussi, et qui s'assied devant nous en cours avec un jean tellement bas qu'on voit la raie de ses fesses dépasser.

L'autre jour elle m'a fait un grand sourire quand elle m'a vu arriver défoncé à la fac. Depuis que je traîne avec Sandrine, elle semble me trouver cool, comme si le fait que j'étais un drogué effaçait ou excusait mon néo-nazisme. Je pourrais peut-être la baiser, qui sait ? Physiquement elle est mieux que Sandrine, mais beaucoup plus idiote aussi. D'ailleurs Sandrine est plutôt intelligente pour une meuf, et posée aussi. C'est peut-être la meuf la plus intelligente et cultivée que je connais.

L'autre jour on parlait des besoins naturels. Je disais que ça me faisait chier de devoir chier tous les jours, que c'était une contrainte dont j'aimerais me passer et que j'aimerais pas me laisser sodomiser. Sandrine a surenchéri :

— Oui c'est clair, moi aussi.

— Toi aussi t'as des problèmes de constipation ?

— Non ça va, tous les matins je bois un grand café et (elle fait un geste descendant des mains). Mais je suis comme toi, je comprends pas les gens qui pratiquent la sodomie... Comme les mecs en prison.

Quel gros cliché pour une meuf qui se dit bi. Ça veut dire qu'elle ne se laissera pas enculer si on couche ensemble.

Par contre c'est déjà l'heure du cours de droit administratif. Le prof est un semi-obèse avec une voix de femme. Son cours est assommant, je n'arrive même pas à me concentrer trente secondes pour prendre des notes. Je finis par prendre mon courage à deux mains et quitter discrètement l'amphi ; par chance, il ne me fait aucune remarque.

En sortant dans la cour d'honneur, je tombe sur Sandrine qui est en train de prendre des notes sur un bout de papier. Je lui fais un signe de tête en allumant une clope. Je sens une grosse montée euphorisante d'Effexor, une vague d'énergie et de bien-être qui m'envahit et me donne une patate d'enfer. Je vais voir Sandrine :

— T'écris quoi ? Un nouveau projet de roman ?

— Une liste d'idées de cadeaux pour mon neveu.

— Ah ouais.

J'ai tellement la pêche que je pourrais conquérir le monde entier. En fait, ça défonce l'Effexor. Je tente :

— Vas-y ça saoule la fac là, je me sens trop bien j'ai envie de bouger. Viens, on va quelque part.

— C'est chaud, tu veux faire quoi ?

— Je sais pas, viens on va chez moi. J'ai encore ta beu.

— Je peux pas, j'ai plein de trucs à faire.

— T'es sûre ?

— Oui, faut que j'achète mes cadeaux.

— Bon OK, du coup moi j'y vais, ciao !

Je descends les marches en lui faisant un signe énergique de la main. Elle me répond ciao sans lever la tête de sa liste de cadeaux. Je marche la tête haute, le pas enjoué, le soleil dans le dos et un peu aussi dans le cœur, les veines pleines de dopamine, avec une envie joyeuse de tout écraser sous la lourde semelle de mes Caterpillar coquées. Pour Sandrine, on verra plus tard.

— Tu crois vraiment que t'es le mec le plus intelligent que je connaisse ?

Nico me regarde de côté, l'air perplexe et les deux bras accoudés sur la rambarde du balcon.

— Ouais, je crois, ouais.

— Mais t'es ouf Fabrice. Je connais un mec qui parle six langues, qui gère la physique quantique et les équations complexes, qui a un QI de 155 et qui...

— C'est pas qu'une question de compétences et de connaissances. Et puis y a plusieurs formes d'intelligence. Tu peux être super balèze dans certaines disciplines, mais pas réussir à comprendre certains mécanismes de la psychologie humaine. (Je fais une pause pour tirer une latte.) Moi je les comprends.

Je lui tends le bédo. Il le prend, sans quitter son air perplexe, sans autre commentaire qu'un « ouais... » peu convaincu.

— Oh putain, tu sais ce qui m'est arrivé l'autre nuit ?

Je désigne le bac à fleurs du balcon de l'étage en dessous.

— J'ai fait tomber mon bédo dans son bac à fleurs.

Nico sourit, me regarde avant de prendre une latte, comme s'il se préparait mentalement à me sortir un truc énorme, recrache la fumée et lâche sans me quitter du regard :

— Et alors, t'es allé le récupérer ?

J'éclate de rire.

— Non t'es ouf ! (Je rigole un bon coup avant de reprendre mon souffle.) Non mec je pouvais pas ! C'est la fille de mes voisins du dessous, déjà elle pète un câble quand je joue de la batterie, car ma chambre est juste au-dessus de la sienne ! Elle sait même pas que je fume !

— Bah maintenant si.

Nouvelle crise de rire. Nico enchaîne, pour essayer de prolonger la blague :

— Si ça se trouve, elle bédave aussi.

C'est moins drôle. Je reprends mon sérieux.

— Non je pense pas, c'est pas son genre. Elle est plutôt du genre petite minette qui fait la princesse. Tu sais qu'une fois elle est venue sonner à ma porte en chialant parce que je jouais de la batterie ?

— Fallait essayer de la draguer...

— Ouais chépas... (Je réfléchis.) Nan j'aurais du mal...

— Pourquoi, elle est cheum ?

— Nan pas du tout, elle est plutôt mignonne, mais je sais pas je me vois pas avec elle... J'aime pas sa mentalité, je préfère les meufs comme Sandrine.

— Ah ouais tu kiffes les meufs aux cheveux courts ?

— Non non pas du tout, je voulais dire mentalement... (Je réfléchis encore.) Je me vois pas trop avec elle non plus... En fait j'ai du mal avec les meufs.

— Faut pas Fabrice, c'est la nature, on est des mecs, on a une queue, et elles elles sont là pour se faire (il mime un geste de pénétration). C'est la nature mec !

— Tu peux me laisser une dernière latte sur le bédo ?

— Ouais vas-y finis.

Il me tend la fin du joint et rentre dans ma chambre. Je le termine, le jette dans la rue et rejoins Nico dans la grande cuisine.

— T'as quoi de bon à manger Beufa ? *(Parfois il m'appelle comme ça en référence au rappeur Fabe, car Nico est un fan de rap français.)*

— Attends, je vais voir. (J'ouvre le frigo.) J'ai des steaks de bœuf si tu veux.

— Vas-y on s'en fait un chacun ?

— OK.

Je m'occupe de faire cuire les steaks à la poêle, car Nico n'est pas le genre à cuisiner sa propre bouffe. Généralement c'est sa mère qui lui fait à manger, ou il va au restau.

— Faut que j'aille aux toilettes Fab'.

Je lui montre une porte qui donne directement sur le couloir et la cuisine ouverte. Il laisse la porte entrouverte et baisse la cuvette en continuant à me parler.

— Ça te dérange si je lâche mes fesses Beufa ?

— Vas-y fais comme chez toi !

Je l'entends péter et, autant d'ordinaire ça m'aurait gêné, autant dans l'état où je suis ça me fait juste sourire. C'est marrant d'atteindre un tel niveau d'intimité avec Nico alors que c'est la première fois qu'il vient manger chez moi – la première fois qu'il vient chez moi tout court, d'ailleurs. Est-il venu parce qu'il veut juste se faire inviter à manger pour ce midi, ou parce qu'il m'apprécie réellement ? Difficile à dire, car dès notre première rencontre dans le train pour Heidelberg, le courant est bien passé, mais on ne s'est plus trop fréquentés depuis l'année scolaire précédente – à part en cours, vu qu'on a les mêmes modules. Il s'appelle Nicolas Baegts, mais ça se prononce « batch », car il est d'origine basque. Est-ce le fait d'avoir tous les deux un nom à consonance *étrange* – sinon étrangère – qui nous rapproche ? Ou le fait de bédave ?

— Sérieusement, vous aussi vous avez fumé dans la chambre à l'auberge de jeunesse ? Vous aviez du matos ? Nous on avait plus rien le deuxième jour.

— Ouais t'inquiète, Thomas en avait ramené assez.

Thomas est le meilleur ami de Nico. Ils sont inséparables.

— Putain t'aurais dû me le dire ! (sur un ton excité)

— Mais je savais pas que tu smokais Beufa.

On est à nouveau sur le balcon en train de fumer.

— Putain en plus vous étiez dans la même chambre qu'Arnaud Pience !

— Ah ouais c'est vrai. (Nico est goguenard.) Il voulait pas fumer, il lisait son journal. Tu sais comment on l'appelle entre nous ? « Le Gaulois ». Tu sais pourquoi ? Parce qu'un jour Thomas et moi on était en train de discuter et il s'est incrusté dans la conversation en mode « quoi, qu'est-ce qu'il a le Gaulois ? ».

On est hilares tous les deux. En gros Arnaud a cru entendre le mot *Gaulois* et a voulu s'incruster dans la conversation alors qu'elle n'avait rien à voir, il est passé pour un con.

— Le répète pas Fab'... On s'amuse à donner des surnoms aux gens, entre nous.

— Nan, mais j'm'en fous t'inquiète... Je sais que Peutart m'appelle le vautour.

— Ouais c'est vrai qu'avec ton long cou, ton crâne rasé et ton gros sweat à capuche noir, t'as l'air d'un vautour… Mais on t'appelle pas comme ça.

— Genre vous m'avez pas donné de surnom à moi ?

Il concède :

— Si. (Pause), Mais c'était au tout début. On t'a appelé « le néo-naze ».

Il me regarde en biais avec une expression maline et fière.

— Bah c'est naze.

— Le prends pas mal Beufa.

— Nan t'inquiète je m'en fous, comme je t'ai dit. Par contre je vais devoir te priver de bédo.

Nico ne rigole plus du tout et proteste :

— Ah non Beufa ça se fait pas !

— C'est bon je déconne.

Je lui tends le spliff.

— Tu veux savoir les autres surnoms ? Genre Marie, on l'appelle Marie Laforêt.

— Par rapport à quoi ?

— Elle est poilue mec…

— Bah ça va y a pire…

— Ah nan moi j'peux pas. C'est comme Sandrine, j'aurais du mal… mais toi tu la kiffes, vas-y.

— Non c'est pas que je la kiffe, je m'entends bien avec…

— T'as pas envie de la ken ?

— Si, mais…

— Bah alors ?

— Je t'ai dit, j'ai du mal avec les meufs.

Nico me regarde, l'air brusquement grave.

— T'es homo ?

Je m'esclaffe sans répondre, en essayant de faire une mimique de pédale précieuse. J'essaie de dire un truc pour aggraver mon cas, mais le fou rire m'en empêche. Nico me regarde toujours avec son air inquiet. Je décide de couper court à la plaisanterie.

— Nan t'inquiète.

Nico est visiblement soulagé.

— Ouais ben tant mieux, parce que moi et mon père on n'aime pas trop les homos. Surtout les homos de gauche style Ruquier.

— Ouais putain il est insupportable lui. Faudrait le gazer.

— Tu vois mon père c'est pas un facho, il est de droite, mais il aime pas trop les homos, les étrangers, les gauchos et tout... Genre l'émission de Ruquier sur France 2, il la déteste. Moi c'est pareil, tu vois l'autre soir je me suis tapé une meuf en soirée. (Nico est beau gosse.) Ben quand elle m'a dit qu'elle votait à gauche, je me suis senti dégoûté de l'avoir emballée. C'est pour ça que j'kiffe pas trop Sandrine. Mais si toi tu la kiffes, franchement vas-y...

— Oui, mais...

Je suis à court d'excuses. Tout à coup je me rappelle :

— L'autre jour j'étais chaud, je lui ai proposé de venir chez moi.

— Alors ?

— Elle a pas voulu.

— Pas grave Beufa, parfois faut insister un peu. T'as essayé de l'inviter au restau ?

Sandrine n'est pas du tout une meuf vénale, je ne l'imagine même pas en train de prendre commande auprès d'un serveur. Les réflexes bourgeois de Nico m'agacent.

— Bah non, mais j'ai pas trop la thune...

— Ben ça tu vois c'est un truc que Thomas m'a dit sur toi aussi : il te trouve trop radin.

C'est vrai qu'une fois, en cours de littérature anglaise, j'ai parlé de ça avec Thomas. Il ne comprenait pas pourquoi j'étais aussi économe :

— Non, mais je comprends que tu économises ta maille si t'en as pas beaucoup.

— C'est surtout que j'essaie d'en garder toujours un minimum sur mon compte (pour avoir de quoi pécho un 25, en gros). Une fois j'ai été obligé de revendre ma calculatrice (à 40 €) pour pécho du teushi !

Thomas se lance dans l'affirmation d'une théorie psychologisante me concernant qui me semble un peu à côté de la plaque :

— En gros, toi, ton angoisse c'est que ton compte en banque soit dans le rouge.

— Non franchement, ça m'est jamais arrivé en plus.

— Mais ça t'angoisse.

— Non c'est pas ça. C'est juste que je préfère garder de la thune sur mon compte pour m'en servir quand j'en ai besoin. Là par exemple je me suis acheté une batterie pour Noël.

J'essaie d'embrayer sur un sujet musical/artistique, mais Thomas ne suit pas, il décroche rapidement. On dirait qu'il essaie toujours d'avoir un dialogue psychologisant paternaliste avec moi. Comme la fois où il me parlait de mon poids et de mon supposé régime :

— Tu manges quoi chez toi, des surgelés ?

— Ouais, pas mal.

— Ben voilà, si t'es maigre, c'est parce que tu manges trop de surgelés. Va au supermarché et achète des produits frais.

Comme si ça pouvait modifier ma morphologie... C'est marrant, je préfère largement Nico à Thomas même si je serais fier de pouvoir fréquenter Thomas aussi. Il me semble plus inaccessible... Mais peut-être qu'on a juste moins d'atomes crochus lui et moi. Pourtant j'ai bien essayé de l'inviter chez moi une fois. C'était la fois où on avait fumé tous les trois au jardin du Luxembourg.

On s'était posés ensemble sur un banc à la pause déjeuner. Thomas avait sorti une barrette de shit en m'en filant une boulette pour que je roule. Il avait planqué la barrette dans un pot de fleurs à côté du banc. Naïvement, j'avais commencé à rouler. Brusquement, un duo de keufs avait surgi des buissons pour nous prendre *en flagrant délit*. J'avais le shit dans les mains, Nico et Thomas n'avaient rien sur eux, et en plus j'avais une grosse gazeuse dans la poche de mon manteau ; je m'étais fait embarquer au poste tout seul – au commissariat du VIe arrondissement.

On me menotte à une chaise face à un escalier qui monte au premier étage. Un rebeu d'une trentaine d'années est assis sur un banc face au mur qui soutient l'escalier – perpendiculairement à moi, donc. Il a l'air complètement allumé – pas forcément défoncé, mais complètement taré. Il parle tout seul, me raconte sa vie et insulte le mur en face de lui, l'air complètement ravagé. Et lui, il n'est pas attaché, contrairement à moi. C'est dangereux, un commissariat. Heureusement, une fliquette vient me chercher. C'est une capitaine de police. Elle regarde les patchs nazis sur mon sac avec une expression qui me paraît malveillante, prend ma Goliath et la boulette de shit pour les jeter dans la corbeille à côté de sa chaise.

— Vous savez que les armes sont interdites, monsieur ?

— Non désolé, c'est juste une gazeuse pour me défendre, car je me suis fait racketter mon blouson récemment, d'ailleurs...

Elle me coupe :

— C'est une arme de sixième catégorie monsieur. La détention et le transport sont interdits sur la voie publique.

— D'accord, je ne savais pas, du coup est-ce que je peux la récupérer pour la ramener chez m...

La fliquette se fâche :

— Je viens de vous dire que le transport est interdit monsieur !

Je commence à me renfrogner. Non seulement les flics ne me protègent pas quand je me fais agresser, mais en plus ils m'interdisent de porter de quoi me défendre... Mais la fliquette m'enchaîne :

— Vous savez que la consommation de cannabis est illégale en France, monsieur ?

— Désolé, la boulette n'était pas à moi...

— Qui vous l'a procurée ?

Je ne peux pas balancer Thomas.

— Je l'ai trouvée par terre...

— Ah bon, vous l'avez trouvée par terre. Vous vous fichez de moi, monsieur ?

Je rougis et commence à suer. Cette salope me fout la pression... Je bafouille :

— Non non…

— Très bien monsieur, votre déclaration sera consignée dans mon rapport et transmise au substitut du procureur qui décidera du classement de votre affaire.

Et elle m'expédie comme un colis postal qu'on vient d'affranchir. Je vais pas aller au tribunal ou en prison pour un joint, quand même…

Une demi-heure plus tard, je suis reconvoqué par la capitaine qui m'annonce que je vais devoir suivre une injonction thérapeutique sous peine de poursuites pénales (en gros, une obligation de voir un psy sous peine de sanctions), puis je sors du commissariat vers 15 h. C'est en errant au jardin du Luxembourg que je recroise Nico et Thomas, attablés à une buvette à ciel ouvert. Ils me font de grands signes de loin, tout sourire.

— Alors Beufa ça va ? Tu nous as fait de la peine quand les flics t'ont embarqué, t'avais la tête baissée…

Leur jovialité communicative me permet de déstresser en relativisant la situation.

— Putain les mecs c'était un truc de ouf !

— Du coup tu leur as dit quoi aux keufs ?

— T'inquiète je t'ai pas balancé (à Thomas). J'ai dit que j'avais trouvé la boulette par terre.

Rires partagés.

— Par contre ils m'ont péta ma gazeuse ces bâtards !

— Mais t'as vu la taille qu'elle faisait ?

C'est vrai que j'ai toujours un peu honte de trimballer une arme sur moi, ça fait psychopathe.

— Bon les gars vous faites quoi maintenant ?

— Moi faut que j'y aille, répond Nico, mais tu peux rester avec Thomas. T'as besoin de te remettre de tes émotions !

On va se balader dans le parc et Thomas se met à effriter dans une allée bordée de buissons où personne ne nous voit.

— Ah, mais t'as récupéré la barrette après que les flics m'ont embarqué !

Il acquiesce en souriant et en versant le mélange d'une main sur son autre main qui tient une feuille ouverte et lèche le collant.

— Imagine on se fait choper une deuxième fois.

— Mais nan t'inquiète, me rassure-t-il.

Et il allume le spliff pour le partager avec moi, comme pour me récompenser de mon silence au commissariat. Grisé par l'enthousiasme, je lui propose qu'on aille chez moi pour éviter de se faire griller. L'œil embué, l'air guilleret, il hésite avant de décliner poliment. Entre lui et moi, un sommet d'intimité a été atteint (comme la fois où il m'avait dit qu'il avait une « cigarette magique », mais qu'il avait refusé de la partager) et je le redescends. Je rentre chez moi en prenant le bus, défoncé et serein.

Les grands yeux clairs de Nico sont posés sur moi. Son visage glabre est canoniquement beau, cerné par ses cheveux ondulés brun clair mi-longs. Ses lèvres pleines, très légèrement entrouvertes, expriment une interrogation teintée d'inquiétude pendant qu'il me scrute.

— Faut que t'arrêtes de déprimer Fab', tu te prends trop la tête.

— Ouais, peut-être...

Il ne peut pas comprendre. C'est un mec de droite qui écoute du rap, fantasme sur les États-Unis et porte un pendentif en forme de $. Sa bouche s'est complètement refermée et maintenant il regarde vers la rue en bas, la tête penchée.

— Je suis défoncé Beufa. Elle est bonne ta beu.

— Grave. C'est un pote qui me la vend. J'te l'présenterai, si tu veux.

Tentative de ma part pour le revoir en dehors des cours.

— Ouais on verra... On verra.

Il a toujours la tête penchée et le regard vague. Son visage est aussi beau de profil que de face. Je pense cela sans la moindre attirance homosexuelle, c'est juste un constat esthétique.

— Va falloir que je go home Beufa... Sinon j'vais me faire démonter par ma mère.

Alors comme ça, *lui aussi il a une mère abusive ?* Ça nous ferait un autre point commun. Il fixe à nouveau son regard sur moi, qui affiche un sourire légèrement amusé.

— Non, mais franchement Beufa, te prends pas la tête... Regarde l'appartement, le quartier où tu vis, franchement t'as la belle vie, arrête de déprimer.

— Mais tu sais, on peut avoir un niveau de confort hyper élevé et être quand même malheureux. Question de destin.

— Ouais...

Nico regarde à nouveau en bas, les yeux dans le vague, distrait et pensif.

— Je suis trop défoncé, faut que je rentre chez moi pioncer un peu.

J'avais noté le numéro de Sandrine sur une feuille de papier avec un stylo vert. Après avoir quitté la FACO, je ne l'avais pas rappelée, pensant qu'on resterait en contact d'une manière ou d'une autre. Et puis de toute façon je pourrais toujours retrouver sa trace sur Facebook puisque je me rappelle son nom et son prénom. Et puis Pauline est un peu équivalente dans le genre garçon manqué cultivé qui s'intéresse à l'art, pas besoin des deux à la fois – d'ailleurs c'est elle qui me parle tous les jours sur MSN Messenger. Au pire, on se recroisera. Elle reviendra sûrement vers moi d'une façon ou d'une autre. Elle avait qui comme amis à la FACO, à part Soudeh l'Iranienne et Karine (dont elle m'avait dit « j'ai envie de la baffer parfois quand elle se comporte de manière trop féminine ») ?

Aucun mec. David, elle le fréquentait par défaut, comme un bouche-trou. D'ailleurs c'est ça qui me plaît pas, son côté hypocrite. Mais on s'entend bien quand même, on va forcément se recroiser un jour à Paris et se reparler, d'ailleurs elle prend souvent les devants pour engager la conversation. Comme la première fois qu'on s'était rencontrés, à la journée d'ouverture des portes de la FACO. J'étais avec Marion qui était dans la même prépa Science Po privée que moi en 2001-2002, dont j'étais pas proche à l'époque, mais qui était tellement contente d'être avec un mec qu'elle connaissait déjà qu'elle me lâchait pas d'une semelle. Sandrine s'était incrustée avec une phrase très naïve du genre « salut, vous avez l'air sympa, je peux me joindre à vous ? » Simple, mais audacieux et efficace. Elle n'avait pas trop froid aux yeux.

Je sais pourquoi elle est comme ça. C'est parce qu'elle a jamais connu son père. Elle m'a dit qu'elle fait des cauchemars récurrents dans lesquels elle se fait violer. Je pense que ça exprime un fantasme subconscient. Je lui ai d'ailleurs dit et elle n'a pas été choquée.

J'ai une vidéo porno sur laquelle je me branle, dont l'actrice me fait beaucoup penser à elle – pas une grande ressemblance physique, mais plus dans l'attitude et les expressions faciales. C'est pas une vidéo complète (intéléchargeable gratuitement sur les sites), mais trois extraits d'une vingtaine de secondes. Dans le premier extrait, la fille se fait prendre en levrette, la bouche fermée, en regardant le mec ; elle a des seins quasi plats, en gros y a que des tétons. Mais elle fait quand même bander. Dans le dernier extrait, elle se fait éjaculer sur la gueule, toujours en regardant le mec, toujours en gardant la bouche fermée, avec un petit gloussement calme de satisfaction. Très garçon manqué : tu peux m'éjaculer *sur* la gueule, mais pas *dans* la gueule. Ouais, Sandrine doit ressembler à cette fille quand on la baise. En tout cas, moi je l'imagine comme ça.

J'ai déjà recroisé Alexandra (un peu le même genre de fille) une fois dans le bus, mais j'étais totalement déprimé ; je n'ai même pas eu l'énergie d'aller la voir en la voyant assise au fond du bus, et j'ai dû attendre qu'elle vienne à ma hauteur pour la saluer.

— Ung' ! (Prononcer *inj*, c'est une abréviation orale de mon patronyme francisé.) Ça fait longtemps !

— Ouais ça va et toi ? (Vu qu'elle a raté tous les Science Po qu'elle a tentés, j'hésite avant de demander :) Alors tu fais quoi en ce moment ?

— Ben je suis en fac d'histoire.

— Ah ouais, mais y a pas de débouché à l'université, sauf si tu veux devenir prof.

Elle m'a regardé en faisant mine de se tirer une balle dans la tête avec son index et son majeur formant un canon de pistolet, genre *merci pour l'info je vais me suicider*. J'ai dû être lourd, en y repensant.

Une fois aussi, en cours, elle m'avait lancé un regard noir de colère et de reproches parce que je rigolais avec Franck Leprévot qui me vannait sur mon racisme :

— Alors Ung', tu vas te taper une bougnoule pour lui purifier sa race ?

Visiblement Alexandra n'appréciait pas du tout ce genre d'humour cynique, et appréciait encore moins que j'en rigole.

Enfin bref, si j'ai recroisé Alexandra, je recroiserai forcément Sandrine ; y a tellement d'anciennes meufs de mon lycée que je recroise par hasard en faisant semblant de les ignorer ou de ne pas les reconnaître... D'ailleurs Lamine a sûrement gardé son contact aussi, vu qu'il s'entendait bien avec elle et qu'elle avait pris son numéro pour qu'il lui grave une compilation de reggae sur CD.

Un jour que Lamine est chez moi, on parle de Sandrine et il évoque la possibilité de la recontacter. J'ai toujours son numéro sur une feuille quelque part, mais je n'aurai jamais l'audace de l'appeler. Sans trop y croire, je demande à Lamine s'il veut l'appeler, prêt à l'envoyer en première ligne à ma place. Réponse flegmatique :

— Ouais, mais j'ai plus son numéro. Si tu me donnes son numéro, je veux bien l'appeler ouais.

— T'es sûr ? (J'ai du mal à y croire.)

— Oui, t'inquiète Fab'. T'as son numéro ?

— Attends.

Joignant le geste à la parole, je cherche la feuille dans une pile posée sur ma table. Je sais à peu près laquelle c'est. Oui, c'est cette feuille, avec le numéro écrit en vert. Je n'ai pas mentionné son prénom, mais a priori c'est elle – ça ne peut être que son numéro à elle, puisque c'est la seule meuf dont j'ai pris le numéro à la FACO (voire la seule meuf dont j'ai pris le numéro tout court, du moins au cours de ces deux années-là).

Sans se départir de son flegme, Lamine prend la feuille et l'étudie pour recopier le numéro sur le clavier de son téléphone portable. Puis il va sur le balcon pour appeler. Au bout d'un laps de temps qui me paraît long, il se retourne vers moi à travers la vitre et rentre dans la chambre en rangeant son portable dans sa poche. Sans commentaire. Impatient, je l'interroge :

— Alors ?

— Nan ça a pas marché.

— Comment ça ? Elle a pas répondu ?

— Nan ça répond pas.

— T'es pas tombé sur un répondeur ? On n'a qu'à la rappeler plus tard. (Je dis on, mais je compte sur lui.)

— Nan ça sert à rien.

— Pourquoi ça sert à rien, t'as peur de la rappeler et qu'elle décroche ?

— Nan c'est pas ça Fab'. Elle décrochera pas. Le numéro n'est plus attribué.

Silence de ma part. Je m'attendais à tout sauf à ça. Lamine visiblement s'en fout, mentalement il a l'air d'être passé à autre chose. Le passage d'une bagnole au dehors me rappelle qu'il a laissé les fenêtres d'accès au balcon ouvertes. Je me précipite pour les refermer.

Voyage retour

Un flot d'images, de pensées et de souvenirs s'entremêlait dans son esprit. Le crépuscule tombant sur la façade de la montagne, donnant une teinte rosée à la paroi rocheuse ; le renard s'enfuyant au loin sur la voie ferrée après l'avoir aperçu ; le chant mélodieux des oiseaux enveloppant la carrière de sable sous le soleil couchant ; la chatte qui restait aux aguets, planquée dans l'herbe du jardin de derrière obscurci par la nuit tombante, rêvant d'attraper un oiseau qui gazouillait dans le bosquet d'en face, tandis qu'une chauve-souris volait en cercles entre le sapin et la maison.

Il se repassait mentalement un morceau d'une compilation de black métal russe, une pâle copie de Darkthrone période *Transilvanian Hunger*, intitulé en mauvais anglais « Journey in Return », en regardant défiler les panneaux routiers. Il aimait être là, dans une voiture en marche sur l'autoroute, en train d'écouter du rock'n'roll des années 50 qui passait à la radio et de discuter avec le chauffeur qu'il voyait pour la deuxième fois de sa vie et avec qui il s'entendait bien, malgré son odeur corporelle un peu désagréable.

Il n'avait eu le résultat du permis que la veille ; son père lui avait demandé de rester pour le repasser, mais il avait refusé, car après le chauffeur ne serait plus disponible pour venir chercher le scooter avec sa remorque. Coutumier des dilemmes quotidiens, il avait hésité pendant des heures, bataillant contre sa contrariété et ses manies. L'appel téléphonique de son père – qui l'avait engueulé et traité d'*imbécile* – l'avait aidé à trancher. Maintenant il était sur la route et se sentait bien. Le chauffeur lui assurait que ce n'était pas grave, puisqu'on ne risquait plus qu'une amende de 500 € à conduire sans permis. L'idée d'enfreindre la loi ne le dérangeait pas du tout : il avait toujours vécu en dehors des normes et des panneaux réglementaires.

Dans le fond, il craignait plus de ne pas savoir maîtriser son véhicule que de se faire prendre la main dans le sac. Premièrement, il n'y avait jamais de contrôle ; deuxièmement, il pourrait toujours inventer une excuse du type « on me l'a envoyé, mais je ne l'ai pas encore reçu » ; de toute façon, en cas de procès, il ne risquait pas de peine de prison ferme, et il imaginait déjà une stratégie victimaire à plaider avec l'aide de son avocat.

Par contre, provoquer un accident et se retrouver mutilé ou paraplégique, c'était plus embêtant ; l'idée d'un accident ne le dérangeait pas, tant qu'elle impliquait une mort directe. Il considérait même cela comme une belle mort, une belle fin pour ponctuer sa biographie d'artiste maudit. Trop brève pour être douloureuse ou angoissante, suffisamment brutale pour nourrir la légende ; oui, c'était une belle mort. Encore fallait-il mourir sur le coup, ce qui peut paraître certain à plus de 120 km/heure – mais, par rationalité scientifique et lucidité malheureuse, il savait à quel point le corps humain peut se montrer résistant et increvable. Il savait notamment qu'en cas de choc, la ceinture de sécurité pouvait sauver la vie tout en traumatisant la cage thoracique. Il se doutait qu'on ne sentait rien sur le coup, mais que la douleur se déployait avec crescendo pendant la convalescence.

Les trajets en voiture faisaient partie des rares moments lors desquels il n'avait plus peur de la mort et l'envisageait d'une façon sereine. Il détestait le train et toutes ses contraintes : les horaires inflexibles, la peur de le rater, la promiscuité humaine dans le wagon, et l'obligation jamais certaine de devoir céder son siège à chaque arrêt prolongé dans une gare. Il ne gardait de ses trajets en train que le souvenir des petits désagréments : la fois où il avait vomi dans les chiottes pendant qu'un inconnu pressé frappait à la porte, la fille avec qui il avait discuté pendant une heure, mais qui s'était montrée froide dès qu'il avait insisté pour qu'elle lui donne son mail ou son numéro de téléphone, la Noire sans papiers qui s'était mise à gueuler au téléphone en anglais, cernée par les flics dans le wagon-restaurant, juste à côté de lui pendant qu'il bouffait sa pizza réchauffée par le personnel de bord...

Un flic avait ordonné à la Noire de se calmer en faisant un geste descendant du plat de la main, et elle s'était rapprochée de lui, en espérant peut-être inconsciemment qu'il allait prendre sa défense contre les méchants policiers racistes. Mais ça lui avait coupé l'appétit et il avait senti poindre en lui une colère provocatrice ; il avait eu envie de l'insulter, mais en y réfléchissant à tête froide, il n'était pas sûr que les flics l'auraient bien pris. Il avait voulu leur montrer sa solidarité muette par son attitude impassible, parce que pour une fois, il les avait trouvés utiles et n'avait pas éprouvé à leur égard cette hostilité systématique que lui inspiraient tous les représentants de l'ordre public – plus exactement, de la République.

En conclusion, il préférait les trajets en voiture, car il se sentait libre et maître de son destin ; actif et non plus passif. D'autre part, il avait toujours un peu trop froid dans les TGV à cause de la climatisation. Mais il considérait que le pire de tout, pour un long trajet, c'était l'avion. Il avait gardé depuis l'enfance une image idyllique des trajets en avion (essentiellement Paris-Strasbourg), car ils duraient à peine une heure, que son père lui achetait des bonbons ou des chips et jouait à la bataille navale avec lui ; une heure ça passe très vite, à peine décollé c'est déjà le moment d'atterrir. Puis il n'avait plus eu l'occasion de prendre l'avion pendant une dizaine d'années, et en perdant l'habitude de voler, il avait développé une relation phobique au transport aérien – à tel point que lorsqu'il était retourné pour la première fois sur la Côte d'Azur, il avait pris un antihistaminique pour ne pas angoisser pendant le trajet. Résultat combiné avec une nuit sans sommeil : il avait ressenti une atroce douleur derrière les yeux lors des virages amorçant la descente.

Une fois l'habitude retrouvée et la phobie exorcisée, il faisait le bilan des contraintes matérielles de ce moyen de transport pour les trajets internationaux de plus de trois heures :

• devoir enlever sa ceinture et ses chaussures coquées pour passer sous le portique de sécurité sans sonner

• impossible de se lever de son siège, sauf pour aller aux toilettes (si la cabine de toilettes n'est pas occupée, sachant qu'il y en a deux – une à chaque extrémité de l'avion – pour environ 150 passagers)

• obligation de réserver à l'avance et d'arriver deux heures avant le départ, c'est-à-dire généralement vers six ou sept heures du matin

• évidemment, pas de remboursement du billet, donc impossible de rater le vol

• on est rarement placé à côté du hublot, à moins de payer un supplément

• il est plus ou moins interdit d'écouter son baladeur pendant la montée et la descente (il n'avait jamais compris pourquoi les hôtesses bannissaient sans exception tous les baladeurs, susceptibles de brouiller la liaison radio du commandant de bord, alors que seuls certains baladeurs spécifiques sont équipés d'un capteur radio ; de toute façon, le bruit assourdissant des moteurs réduit le plaisir de l'écoute pendant la phase de croisière)

• on manque de place pour étendre les jambes et il faut partager les accoudoirs avec ses voisins.

Il se sentait coincé en avion, enfermé dans une grande boîte de métal dans laquelle il devait rester immobile pendant toute la durée du trajet. Il comprenait les gens qui prenaient un médicament ou un somnifère en s'installant sur leur siège, mais il avait peur de mal réagir au produit et de se taper un mauvais voyage, dans tous les sens du terme.

En fait, il ne se sentait pas le courage de voyager au-delà d'un rayon de 5000 kilomètres, ou plus exactement, de subir un vol de plus de cinq heures (quatre heures représentant déjà quelque chose d'énorme). Faire des escales ne le dérangeait pas, tant que cela morcelait la durée de présence en cabine et qu'il ne fallait pas passer la nuit à l'aéroport.

En fait, il n'était jamais allé plus loin que l'Afrique du Nord. (Administrativement, les îles Canaries font partie du territoire espagnol, donc de l'Union européenne, mais géographiquement, elles se situent au large des côtes marocaines, donc indubitablement en Afrique du Nord.) Sa portée de grand voyageur était bornée au nord par Amsterdam et au sud par Lanzarote. Il n'était jamais sorti de l'Union européenne, sauf pour passer une semaine sur l'île de Djerba, en Tunisie. Il savait que rejoindre les Amériques requiert un minimum de dix heures et qu'on ne peut pas faire d'escale sur l'océan Atlantique.

Il se sentait plus attiré par les Amériques et l'Océanie que par l'Asie. Dubai et l'Arabie saoudite le faisaient plus fantasmer que l'Asie xanthoderme. La Chine, le Vietnam le laissaient indifférent ; l'Inde lui renvoyait une image de bidonville gigantesque et caniculaire rempli de va-nu-pieds édentés ; seul le Japon présentait un fort intérêt culturel à ses yeux.

Pour lui, l'Asie se divisait en quatre principales aires :

• l'aire arabo-désertique, qui suscitait sa curiosité de mœurs et de paysages

• l'aire indo-aryenne (Inde et Iran), avec laquelle il se sentait des racines communes

• l'aire xanthoderme continentale (Chine, Mongolie, Corée), qui ne lui inspirait que mépris et indifférence – à l'exception de la Corée du Nord

• l'aire xanthoderme maritime (Vietnam, Thaïlande, Laos), qu'il voyait comme une vaste usine tropicale à tourisme exotique, dont le Japon se singularisait par une civilisation plus noble et proche de la tradition euro-aryenne que les anciennes colonies.

Il se rappelait les débats avec un ancien compagnon virtuel qui, sans avoir jamais quitté sa Wallonie natale (qu'il maudissait par ailleurs), philosophait sur le sens du voyage dans sa conception moderne et dans l'absolu. Lui aussi, il disait du mal des bobos tiers-mondistes qui s'offraient une dose d'exotisme (une dose d'ailleurs) au prix d'un billet d'avion. Il assimilait cela à une fuite.

Il avait fallu qu'il expérimente lui-même l'exotisme (sexuellement, puis géographiquement) pour qu'il remballe sa verve et qu'il en admette l'intérêt.

Oui, dans le fond, il pouvait trouver du plaisir dans la consommation matérialiste, comme tout un chacun, comme tous ceux qu'il dénonçait.

Oui, si tout le monde le faisait, c'est que ça en valait le coup. Il était rigide et orgueilleux ; il s'était certainement pensé au-dessus de ça, puis il avait été positivement étonné sur le coup et y avait pris goût.

Désormais, il ne pensait plus qu'à ses prochaines destinations et cherchait un programme à définir pour chacune. Il devait bourgeoisement calculer sa dose de plaisir en l'étalant sur le temps qu'il lui restait à vivre. Il détestait la mesquinerie des petits calculs, mais c'était ça ou l'inertie de la dépression. Fuir ou crever, en quelque sorte.

Il avait déjà pas mal fui par les drogues et son corps lui avait rappelé ses limites physiques. Au-delà des problèmes de santé, la lassitude l'avait poussé à tout arrêter. Le cerveau humain est ainsi constitué qu'il a besoin sans cesse de sensations nouvelles pour continuer à être émulé.

Il pensait à tout cela dans la voiture qui le ramenait à Paris. Il avait décidé de rentrer et, encore grisé par le trajet, il ne pensait pas aux conséquences. L'été était déjà fini et le froid commençait à reprendre ses droits. La nuit, il avait fait du feu dans la cheminée du salon.

Dans le rétroviseur, la campagne s'éloignait. Les lampadaires du périphérique incrustaient leur lumière orangée sur la nuit amputée de son obscurité. Déjà la banlieue.

Plus la voiture s'enfonçait dans la grande ville, plus il éprouvait une sensation grandissante au creux du bas-ventre. Une sensation de stress, de désir et d'avidité mélangés. Physiquement, il ressentait Paris comme un gigantesque bordel, où les putains attendaient le client en haut des immeubles, nichées dans leurs appartements.

Un immense vagin ouvert, prêt à être pénétré par un pénis impatient et impérieux. Ses bras frissonnaient légèrement et son bas-ventre le brûlait doucement.

Il comprit alors instantanément pourquoi les femmes désertaient la campagne et venaient toutes s'installer en ville. Il comprit que, comme dans cet extrait du *Zarathoustra* de Nietzsche qu'il adorait, toute la logique de la grande ville se basait sur le désir. Il comprit qu'il était lui-même esclave de cette logique. Il comprit pourquoi certaines femmes mariées refusent de suivre leur mari à la campagne. Il comprit pourquoi toutes les jolies filles se concentrent dans les capitales régionales et départementales. Il comprit pourquoi il aimait le calme de la campagne et la cordialité des échanges de courtoisie. Il comprit qu'il fuyait le monde, mais qu'il n'était pas un vrai solitaire.

La sensation au creux de son bas-ventre restait vive tandis que la voiture s'approchait de son quartier, puis de sa rue, puis de son numéro. Les immeubles se dressaient vers le ciel comme des barreaux pour emprisonner la nuit blafarde, amputée de ses étoiles, aveuglée par les néons, et formaient une forêt de béton qui se refermait sur la voiture et sur lui.

Berlin 2015

Die Mauer sind gefallen, sondern nicht unsere Herzen

Je décolle. Je viens de me coucher. La chambre est rose. J'ai encore le goût de sa crème parfumée dans ma bouche. Je viens d'arriver. Mais je suis en train de partir, ou plutôt de m'éloigner, ou de revenir. La fille est venue me parler en anglais plusieurs fois, pour savoir si j'en avais encore. Je ne connais pas sa nationalité. Elle me saoule, heureusement qu'elle est dans le passé. J'ai plié le sachet en huit pour le faire tenir dans l'interstice entre les deux sièges du bus. Embouteillage, j'ai du mal à écrire. Je vais rater l'avion. Mais on va bientôt arriver. En fait, on vient de décoller, mais je suis en descente. Grand-père a assassiné le soldat allemand, je l'ai dit à Monika. *Ermordet.* Elle m'a parlé de Grand-papa. C'est fou ce que sa femme ressemble à mon père. Severin n'est pas venu avec moi. Je lui pardonne. Il m'a déçu. Impression d'être un espèce de Frédéric Beigbeder, l'idée m'obsède et me dérange. Gosse de riche, rouler en taxi. Faire la queue pour entrer dans la boîte, faire la queue pour passer le contrôle d'entrée dans le terminal d'attente de l'aéroport. Attendre. Chimique, industriel, commercial. Produit chimique pour musique chimique. Ai acheté deux baguettes de batterie, une baffle pour lecteur MP3 et une ampoule USB. Il me reste de quoi payer le taxi, je n'ai pas acheté le Zoom H1. *C-Wahre*, en gros ça veut dire « troisième main ». Bientôt je vais déborder de la feuille. Il faut que je parte de Paris. Grande ville, lumières, vitrines, troupeau humain. Putes, désir, stress. J'ai besoin de repos. Il me faut une femme, un fils, un ingénieur du son et un éditeur. Ou un groupe. Ou une milice. Je viens de me coucher – ou de me réveiller. Il me reste trois lignes, ça va mieux. La lettre va arriver.

Journal de vol

17 juillet, 19 h 15

Putain, trois heures que je poireaute dans le hall d'embarquement. Le vol était censé décoller à 16 h 15… Ça m'apprendra à prendre une compagnie low cost. D'ailleurs, je viens de vérifier : c'est une compagnie hongroise. Qu'est-ce qu'une compagnie hongroise vient foutre entre la France et l'Estonie ?

Heureusement que le wi-fi fonctionne dans ce putain de hall, parce que sinon j'en serais réduit à parler à tout le monde comme une mémé inquiète. Les gens me font marrer. Ils s'interrogent les uns les autres, surmontant leur timidité, pour s'entre-demander des informations que personne n'a. « Excusez-moi, vous savez pourquoi le vol est en retard ? » Mais en fait, si même le personnel de WizzAir n'est pas au courant, comment veux-tu que des passagers le sachent ? Les gens sont débiles.

En fait ça fait plus de cinq heures que je suis à l'aéroport. J'ai préféré prendre un taxi vu que les transports sont en grève. Si ça se trouve, le vol va être annulé à cause de la grève. Dans ce cas je suis dans la merde, j'ai plus qu'à passer la nuit à l'aéroport – si y a un autre vol demain et que la compagnie nous transfère…

C'est bon, j'ai vérifié : y a un autre vol Paris-Tallinn demain à 6 h 25. Y a même un hôtel inclus dans l'aéroport qui s'appelle Sleep&Fly. Je vais pas faire l'aller-retour chez moi, ce serait débile. Par contre l'hôtel est super cher, genre cent quatre-vingts euros la nuit. Mais au final, si je repaye un taxi aller-retour, ce sera presque autant. Et y a ce putain de plafond de paiement à ne pas dépasser... Ah, y a une annonce. C'est bon, on commence à embarquer.

19 h 40

Je suis à la place 42, côté hublot. Malheureusement je suis pas seul dans ma rangée. Je dis malheureusement, mais la meuf à côté de moi est carrément bonne. Je l'avais déjà remarquée dans le hall d'attente en fait. Elle ressemble à Mélanie Laurent (l'actrice de *La Rafle*) en plus petite. Petite, mince, blonde claire. Visage de mannequin, habillée en jean large et sous-pull moulant. C'est vrai qu'il fait pas chaud dans l'avion avec la clim à fond. Je me demande si elle peut lire sur mon écran ? Au pire je lui dirai que j'écris mon journal de bord et j'engagerai la conversation. Si elle me demande pourquoi je vais en Estonie, je lui dirai : pour fuir la canicule. D'ailleurs c'est vrai. Mais elle ne me regarde pas, elle est concentrée sur son téléphone, apparemment elle envoie des messages. « Oui Maman, je suis bien dans l'avion, il a trois heures et demie de retard, mais tout va bien, over. » Lol.

Ah putain ça y est, le micro de bord annonce le décollage. Je suis obligé de fermer mon ordi et d'enlever mes écouteurs. Je re.

21 h 38

Elle s'appelle Sonya. C'est elle qui a engagé la conversation en me proposant un chocolat. Y a un truc qui est en train de se passer. J'écris vite fait, car elle s'est levée pour aller aux chiottes. Je viens de mater : elle est encore dans la queue. Elle n'a pas vu que je la matais. J'ai pas envie qu'elle grille mon journal, je sais pas pourquoi, mais j'ai du mal à assumer. D'ailleurs je me demande si elle va chier ou pisser. Si elle reste plus de cinq minutes enfermée, c'est sûrement la deuxième option. L'imaginer aux chiottes m'excite, putain faut que je me calme.

On a parlé pendant au moins une heure d'affilée. D'abord du retard, ensuite du voyage et de nos vies. J'ai dit que je vais à Tallinn pour le climat plus frais, ça l'a fait rire. Elle aussi c'est sa première fois en Estonie. Bizarrement elle m'a très rapidement confié son histoire personnelle : elle a grandi en France avec sa mère française, mais son père – qu'elle a jamais connu – est estonien. Je lui ai demandé comment elle en est sûre. Visiblement elle a réussi à retrouver son prénom et son nom. Elle a rendez-vous à Tallinn avec une demi-sœur qui l'a contactée par Facebook. Si j'ai bien compris, sa mère lui a caché l'identité de son père. C'est cette demi-sœur qui a retrouvé sa trace et l'a contactée sur les réseaux sociaux pour le compte de son père, qui est vieux et ne parle que russe et estonien. Je me demande bien comment la mère française a pu coucher avec le père à l'époque soviétique ? Et qu'est-ce qu'elle faisait en Estonie ? Remarque, Sonya est jeune. Si ça se trouve, elle est née après la chute de l'URSS. Enfin bref, elle revient.

22 h 24

Putain, j'ai le cœur qui bat. Impossible de me calmer, j'ai envie de bouger. Elle s'est assoupie. Je ne sais pas comment elle fait pour dormir après la discussion de fou qu'on vient d'avoir. Elle doit être assommée par la fatigue – ou alors c'est notre conversation qui l'a détendue. Vers la fin, elle me parlait doucement, les yeux fermés, comme une meuf qui vient de se faire bien baiser et jouir à l'intérieur. Or moi justement, j'ai les couilles pleines.

De toute façon ça sert à rien de dormir maintenant, on devrait arriver dans à peine une demi-heure. Mais ça passe hyper lentement, je suis super excité, faudrait limite que j'aille me branler aux chiottes.

Elle a un tempérament plus calme que moi. Elle est plus froide que moi en apparence, mais à sa façon de me regarder et de me répondre, j'ai compris qu'elle s'intéresse à moi. Elle a un regard bleu, doux et désarçonnant. J'ai du mal à soutenir son regard, alors quand elle me regarde dans les yeux je souris et elle se met à sourire aussi et on rigole. En tout cas, elle m'a filé son numéro de téléphone, au cas où on se perdrait à l'aéroport. On sait pas trop quoi faire, car on n'a pas de carte SIM estonienne, et on sait pas si on pourra se connecter au wi-fi public à l'arrivée. On va arriver à presque 23 h, bordel... J'ai pris une première nuit à l'hôtel en bord de mer, mais je sais pas du tout s'il y aura encore des taxis à cette heure. Je me rappelle quand j'ai atterri à Palanga à 2 h du matin l'année dernière. C'était un tout petit aéroport, ma valise n'avait pas été transférée à l'aéroport Chopin de Varsovie, et par chance j'étais tombé sur un Suisse francophone qui m'a conduit au centre-ville, sinon je sais pas ce que j'aurais fait.

Là on est un peu dans la même situation. Sonya a juste le numéro de sa demi-sœur, ses affaires et de l'argent. Concrètement, si sa demi-sœur ne lui répond pas, elle est à la rue. C'est peut-être pour ça qu'elle m'a filé son numéro ?

La vieille derrière moi n'arrête pas de tousser. Sa toux part dans les aigus comme celle d'un chat. Comment ont-ils pu la laisser monter à bord avec une toux pareille ? Dire que j'ai été obligé de me faire tester deux fois au Covid... Deux fois, car le test antigénique ne reste valide que quarante-huit heures, or j'avais confondu la date du départ : j'avais fait le test le soir du 14 juillet pour le 16. Le 16, je me suis préparé pour aller à l'aéroport, et en relisant mon billet je me suis rendu compte que j'avais un jour d'avance. Le lendemain, un pote à qui j'avais raconté ma confusion m'a demandé si c'était un test antigénique ou PCR. PCR c'est valable soixante-douze heures, antigénique seulement quarante-huit ; du coup j'ai été obligé de me ruer comme un con à la pharmacie du coin juste avant de partir, et j'ai pas eu le temps de déjeuner. Heureusement que j'ai grignoté à l'aéroport pendant que je poireautais, parce que WizzAir ne sert rien à bord. Remarque, au prix du billet...

La vieille continue à tousser sans interruption. Sa toux se confond avec le bruit de fond de l'avion (moteur + résistance de l'air), qu'elle ponctue comme un métronome irrégulier de notes aiguës et aigres. Mais qu'est-ce qu'elle peut avoir comme maladie qui la fait tousser autant, si c'est pas le Covid ? Si j'avais de la codéine, je lui filerais la plaquette entière, en espérant qu'elle crève d'overdose – mais de toute façon j'en ai pas et c'est beaucoup trop risqué d'en amener en avion, avec tous leurs contrôles à la con. Déjà qu'on frôle le trafic de drogue quand on ramène un tube d'aspirine sans ordonnance en soute... Ils font chier avec leurs consignes de sécurité, c'est censé être contre le terrorisme ou pour habituer les passagers à l'ambiance d'une garde à vue ? Et la vieille derrière, comment ils ont pu la laisser monter à bord ? Ah, elle est sûrement vaccinée... Mais ça ne l'empêche pas de choper le Covid et de le transmettre. Je prie pour que son masque (je suppose qu'elle l'a gardé, mais je peux pas me retourner pour la regarder ; la plupart des passagers ont enlevé le leur après le décollage et de toute façon vu comment elle tousse, elle risque de s'étouffer avec) et le dossier de mon siège constituent une barrière suffisante contre ses postillons potentiels... Mais y a aussi l'interstice latéral entre la paroi de l'avion et le siège, avec l'accoudoir où je pose mon bras, car si je le replie contre ma poitrine je vais choper une crampe. Bon allez, je vais mettre mes Boules Quies.

Putain ça s'agite au dehors. Le vent souffle hyper fort. J'ai limite envie de gerber, car l'avion fait des embardées. Je vois rien à travers le hublot. C'est tout noir et je suis obligé d'écrire avec le rétro-éclairage du clavier, car ils ont mis les lumières en veille. Comment fait Sonya pour continuer à dormir, elle est défoncée ou quoi ? J'ose pas la réveiller ni lui parler pour m'assurer qu'elle dort toujours. Houla... Je peux plus écrire, ça tangue trop.

20 juillet, 15 h 12

Je viens de me relire. C'est grâce à ce texte que je peux me rappeler ce qui s'est passé. Par contre, il y a une sorte de trou noir dans ma mémoire entre le moment où j'ai fermé le clapet de mon ordi et mon réveil sur ce lit d'hôpital, à Tallinn.

C'est l'infirmière qui m'a dit que je suis à Tallinn. Elle est grande, blonde (un blond presque jaune, mais je crois qu'elle se teint les cheveux, car ses racines sont plus foncées), bien en chair et avec une mâchoire carrée. Elle s'exprime dans un anglais parfait, presque sans accent. On sent qu'elle a étudié au Royaume-Uni, comme beaucoup de Baltes qui partent faire leurs études là-bas.

À mon réveil, j'ai trouvé mon sac à dos à côté de mon lit, avec l'ordinateur enrobé dans ma veste. C'est ce qui a dû le protéger pendant l'accident. Je sais que l'avion a eu un accident parce que l'infirmière me l'a dit, mais elle n'a pas d'autres informations.

Visiblement je n'ai aucune séquelle grave. J'ai juste une douleur chronique dans le bas du dos qui s'accentue et me lance jusque dans les talons et les épaules quand je me lève et que je marche – mais je peux marcher.

L'infirmière m'a dit qu'après quelques jours de repos, tout reviendrait à la normale (« *you will feel like nothing had happened* »). J'ai du mal à croire en sa méthode Coué médicale. Faut dire que j'ai des bourdonnements récurrents dans ma tête, un bourdonnement qui sonne comme si j'étais resté dans l'avion. Et j'entends presque plus rien de l'oreille gauche. Ça doit être un bouchon de cérumen qui s'est formé avec le choc. J'ai demandé un produit pour me déboucher l'oreille à l'infirmière, mais j'ai eu du mal à m'exprimer et je ne sais pas si elle a bien compris. On va bien voir à son retour.

Écrire ces quelques lignes m'a fatigué. Ma position est inconfortable, car je suis couché sur le dos avec la tête surélevée sur un oreiller plié en deux et les genoux relevés pour caler l'ordinateur juste en dessous de mes côtes (ni fêlées ni cassées, par miracle) sur l'autre oreiller posé sur mon ventre. Heureusement que l'infirmière m'a amené un autre oreiller. Taper sur le clavier me fait super mal aux poignets, aux épaules et ça me tire jusque dans les lombaires. Pause.

18 h 49

L'infirmière m'a amené un produit pour déboucher les oreilles, mais ça n'a rien débouché du tout. J'ai toujours la sensation d'avoir une sourdine dans l'oreille gauche. Elle a examiné mon tympan avec une lumière et une sorte de cornet. Elle a dit qu'elle ne voyait aucune obstruction de corps étranger, ni aucune marque de choc ou de lésion ou de quoi que ce soit (« *your eardrum is perfectly fine* »). Elle m'énerve avec son optimisme forcené. J'ai failli crever dans un accident d'avion en Europe alors que ça doit arriver maximum une fois sur mille, et la meuf m'explique que tout va bien et que tout va aller mieux.

Maintenant je me souviens de Sonya. J'ai demandé si elle est dans le même hôpital que moi en donnant son prénom et sa description physique à l'infirmière, mais elle m'a dit qu'elle ne peut pas me répondre et qu'elle va en parler à son supérieur. Il ne va pas tarder.

21 h 18

Le type est passé me voir. Lui aussi est grand avec une mâchoire carrée et les cheveux en brosse, on dirait le mari ou le frère de l'infirmière. Il m'a expliqué la situation posément dans un anglais impeccable, avec une solennité très *british* et moult détails techniques dont je n'ai pas retenu grand-chose : en gros, il y eu une tempête à l'approche de l'aéroport de Tallinn qui a forcé l'avion à se poser en urgence, et l'avion s'est à moitié écrasé, car les trains d'atterrissage ne sont pas sortis à temps. La carlingue a subi un choc par le bas très violent, qui a été fatal à certains passagers et en a blessé beaucoup d'autres. Je fais partie des blessés les moins graves.

Le type m'a demandé si j'avais des proches dans l'avion. J'ai répondu oui en mentionnant ma voisine comme une amie. Il avait apporté une liste avec le nom et le contact de tous les passagers de l'avion, qu'il m'a laissée. Ensuite il est parti et on m'a apporté un plateau-repas avec de la purée et un yaourt. Je me suis forcé à bouffer trois bouchées de purée, mais je n'ai pas faim. Je suis super stressé, j'arrête pas de penser à elle. Et si elle était morte ?

En tout cas y a bien son prénom sur la liste, et après l'avoir relue trois fois, je suis sûr que c'est la seule Sonya de la liste. Il y a son numéro de téléphone aussi, mais en fait elle me l'avait déjà filé en me disant qu'elle avait WhatsApp. Donc j'ai plus qu'à la rajouter. Si elle ne répond pas et qu'elle ne voit pas mon message, c'est qu'elle est morte. Ou alors que son téléphone est mort...

Putain je vais jamais réussir à dormir... Et la purée est froide.

21 juillet, 5 h 46

La lumière du soleil m'a réveillé et j'arrive pas à me rendormir, mais j'ai pas l'énergie de sortir du lit non plus. J'ai envoyé un message écrit sur WhatsApp à Sonya vers dix heures et demie hier soir. Un message basique genre « j'espère que tu es en vie et que tu vas bien ». Le message a été vu, mais pas de réponse. Deux hypothèses principales : soit elle somnolait avec son téléphone connecté à côté d'elle (plein de meufs font ça) et elle a juste lu le message en entendant la sonnerie d'alerte et elle s'est rendormie, soit c'est une autre personne qui était en possession de son téléphone. Si c'est une autre personne, comment cette personne a pu entrer son code secret pour accéder à sa messagerie ? Et pourquoi n'a-t-elle pas répondu un message du genre « je suis désolé, la personne que vous essayez de joindre est indisponible/décédée » ?

11 h 13

Le type avec les cheveux en brosse est repassé. J'avais réussi à me rendormir, mais il m'a réveillé. Il m'a confirmé que Sonya est bien vivante et hospitalisée dans le même établissement. Je lui ai expliqué qu'elle ne m'a pas répondu par WhatsApp et je lui ai demandé si je peux la voir. Il m'a regardé avec l'air de dire qu'il n'a pas à intervenir dans la vie privée des gens, et a simplement répondu : « *I'll see what I can do* ».

15 h 07

Toujours pas de réponse. Je suis comme un fou. Si ça se trouve, elle est devenue amnésique ou a perdu ses capacités cognitives et elle n'arrive plus à répondre à un message. Je me suis carrément levé et je suis sorti de ma chambre. Dès que le personnel hospitalier m'a vu, ils se sont rués sur moi pour me rappeler à l'ordre, en mode « *your condition is too critical to move* ». L'infirmière est venue me faire la leçon en me disant que je devais respecter les règles de l'hôpital et que je pouvais avoir une amende en cas de récidive. Je lui ai expliqué que c'était pour voir l'état de Sonya et elle m'a refait le coup du « je vais en parler à mon supérieur ». Comme j'ai insisté, elle m'a dit qu'il va repasser avant le dîner. J'ai plus qu'à attendre, passivement, comme un con.

19 h 02

Le type est repassé comme promis. La bonne nouvelle, c'est que Sonya va bien et qu'elle n'a aucune séquelle. Il l'a carrément appelée en visio devant moi. Elle était un peu surprise en me voyant. Elle m'a demandé comment j'allais, mais ça se voyait qu'elle était gênée de me parler en français par l'intermédiaire du type estonien. Elle est sortie cet après-midi. J'ai même pas pensé à lui demander ce qu'elle va faire. Le type nous a suggéré que je la rappelle demain, puis il a raccroché avec un grand sourire : « *you see, she's perfectly fine. You don't need to worry* ».

Je suis un peu abasourdi par la tournure des évènements. J'ai l'impression d'être un humain parmi des machines. J'ai demandé au type quand je pourrai sortir. Pas avant une semaine minimum.

J'ai plus qu'à attendre demain pour la rappeler. Je pourrais la rappeler tout de suite, mais j'ai pas assez d'énergie mentale et je sais même pas quoi lui dire après cet appel en visio surréaliste.

22 juillet, 6 h 07

L'avantage de la lumière du soleil c'est que je me réveille aux aurores. Hier soir une infirmière (pas la grande blonde, mais une autre) m'a demandé si je voulais fermer le store. J'ai refusé par peur de me retrouver dans l'obscurité totale.

Du coup la lumière de l'aube me réveille vers quatre ou cinq heures.

Je comprends maintenant pourquoi j'arrive pas à dormir : c'est parce que la nuit ne tombe pas avant minuit à cause de la proximité du cercle polaire. Mon organisme est déphasé.

J'ai réussi à m'autoraisonner. On a tous les deux subi un énorme choc, on est dans un pays étranger avec des étrangers qui nous parlent en anglais, bref on n'est plus dans le contexte intime de notre conversation dans l'avion. Je vais simplement attendre quelques heures avant de la rappeler en vocal sur WhatsApp pour lui proposer de la revoir à ma sortie dans une semaine, soit à Tallinn si elle y est encore, soit à Paris. Je pourrais lui proposer de venir me voir à l'hôpital, mais j'ai l'impression qu'elle est soulagée d'être sortie et qu'elle n'a envie de revenir pour rien au monde, alors je ne veux pas lui imposer ça.

14 h 39

Je l'ai appelée, mais elle n'a pas répondu. Je lui ai juste envoyé un « Salut » par message. Elle l'a vu, mais pas répondu non plus. Pas grave, elle doit être occupée, je réessaierai plus tard.

30 juillet, 9 h

Je viens de réouvrir ce fichier texte. Ça doit faire une semaine que j'essaie de l'oublier en pensant à autre chose. Faut que je retourne à Paris dans les plus brefs délais (mais... reprendre l'avion ?). J'ai même plus envie de découvrir l'Estonie. Je cherche des trains pour l'Europe de l'Ouest en passant par Vilnius, Varsovie, Berlin, Francfort, mais y a plein de putains de changements de gares. Et je me sens pas de me taper trois jours d'affilée en bus. C'est dingue que les trajets entre le Nord-Est et le Nord-Ouest de l'Europe continentale soient si compliqués...

Elle m'a bloqué. J'en suis sûr et certain. J'en suis sûr parce que maintenant quand je clique sur son nom, sa photo de profil n'apparaît plus, et sa dernière connexion n'est plus mentionnée.

On a failli crever dans un accident d'avion et elle en a rien à foutre de me revoir. Je vais fermer ce fichier, l'archiver et essayer de ne plus penser à elle pour l'effacer de ma mémoire. Ça va être difficile et c'est sûr que je repenserai à elle à chaque fois que je repenserai à l'accident. Pour l'instant, j'archive ce texte sur OneDrive et j'efface toutes les traces. Avis aux lecteurs intéressés.

La maison

Je n'ai le droit d'écrire qu'en salle de surveillance – qui porte bien son nom puisque les infirmiers arpentent les avenues entre les tables de long en large – et avec un stylo, car ils craignent que je puisse aiguiser la pointe d'un crayon pour essayer de me suicider avec. L'écriture m'est rendue difficile par le cocktail de calmants qu'ils me font ingurgiter tous les matins, mais qui me permet d'éviter les crises d'angoisse et de dormir sans que mon sommeil soit peuplé d'affreux cauchemars.

Je m'appelle George Bélier. Je vais sur mes 53 ans. Dans la vie civile, je travaillais dans une société locale de construction. Je suis à présent un résident permanent de l'hôpital psychiatrique d'Annecy. La notion du temps m'est tellement altérée que je ne saurais dire si cela fait des semaines, des mois ou peut-être une année.

Tout a commencé au décès de ma pauvre mère (le 16 novembre 2005, et je prie pour que son äme soit auprès de Dieu), quand je me suis mis en quête d'acheter une maison dans la région. Ma mère vivait dans un appartement HLM devenu trop grand pour elle depuis le décès de mon père. Je m'étais installé avec elle, car elle ne pouvait rester seule à cause de ses problèmes pulmonaires. Cela m'arrangeait, car l'appartement était spacieux, confortable, peu onéreux, et l'absence de loyer m'avait permis d'économiser une somme suffisante pour assurer mes vieux jours.

Je disposais d'un peu plus de cent mille euros et je savais qu'eu égard à la régularité et la longévité de mes revenus, une banque me prêterait facilement l'appoint nécessaire pour acheter une maison correcte. Malheureusement, peu informé sur l'état du marché immobilier local, j'étais loin de me douter qu'une quête éprouvante m'attendait.

L'office HLM m'avait envoyé son préavis le surlendemain du décès de ma pauvre mère. Je ne disposais donc que d'un délai de six mois pour faire mon choix, ce qui s'avère en fait assez court pour un achat de bien immobilier. Je partis d'abord confiant et tranquille.

Je dus déchanter quand je réalisai que les annonces qui me plaisaient dépassaient largement (au moins le double) mon budget – en incluant un potentiel emprunt. Je dus donc réviser mes exigences à la baisse et me rabattre sur des prix plus modestes. C'est alors que mon choix se réduisit drastiquement, et il me fallut soigneusement sélectionner les biens habitables en éliminant les vieilles bâtisses croulantes dont le coût des travaux nécessaires excédait souvent le prix de vente. Le choix se réduisit alors encore plus drastiquement, et les quelques biens intéressants partaient comme des petits pains – je me souviens de cette visite annulée au dernier moment par l'agence, car le précédent visiteur venait de signer un contrat de vente.

Au bout de deux mois de recherche intensive, l'abattement commençait à envahir mon cœur, sans pour autant ralentir ma quête effrénée ; non las de me tenir à la page des sites d'annonces et des agences immobilières, j'écumai maintenant la région proche durant tout mon temps libre pour visiter les recoins les plus reculés et engager la conversation avec les locaux, sachant qu'une maison pouvait se retrouver du jour au lendemain sur le marché suite à un décès ou un départ. Je ne pouvais me résoudre à quitter la région.

Cet hiver, il neigea très peu. Les petites stations de ski locales ne purent ouvrir leurs pistes. Les températures restèrent froides quand le printemps succéda à son prédécesseur.

Je la vis pour la première fois, par une fin d'après-midi pluvieuse, en traversant un hameau qui s'appelait Les Combes. Une maison de taille moyenne, adossée à une petite montagne à la pente tellement abrupte qu'il eût fallu l'escalader avec un équipement d'alpiniste, seulement séparée de la route par une rivière parallèle à sa façade qu'enjambait un petit pont en pierre couvert de mousse. Sur la branche morte d'un arbre était accroché un panneau À VENDRE.

En contactant son propriétaire, j'appris avec étonnement qu'elle était en vente depuis près de deux ans et qu'il avait baissé son prix à cinquante-quatre mille euros. Je fus encore davantage étonné d'apprendre qu'elle était habitable à ce prix-là. Le propriétaire m'assurait que l'acheteur pouvait emménager tout de suite, même s'il préconisait de refaire l'électricité et la peinture. Je fus conquis à la première visite – ou plus exactement, je fus soulagé de trouver une solution à mon problème, car nous étions déjà au mois d'avril et je devais rendre les clés de l'appartement de ma pauvre mère le 18 mai. Je savais que l'été apporterait son lot de touristes citadins à fort pouvoir d'achat, ou pire encore, je craignais que le prix attractif de cette maison était susceptible de la faire tomber entre les mains de marginaux désireux d'en faire un lieu « alternatif ».

Le propriétaire semblait aussi soulagé que moi. Il m'assura que les démarches de vente ne dureraient pas plus de trois semaines, et à quelques jours près, il tint parole. Je m'installai donc dans ma nouvelle maison avec Basile (le chat adoptif que Maman et moi avions adopté sept ans plus tôt) au tout début du mois de mai.

Basile était un chat d'appartement qui ne sortait jamais. Je craignais qu'il put se faire écraser sur la route s'il sortit. Heureusement, il s'en tint à sa paresse habituelle et resta à l'intérieur. Je pris tout de même la précaution de ne jamais laisser une fenêtre ouverte sans surveillance.

Même si Maman me manquait, ce fut indéniablement un soulagement pour moi de quitter l'appartement maternel où chaque meuble, chaque pièce, chaque détail me rappelait son absence. Une vie nouvelle se profilait devant moi. Grâce au reliquat de l'achat de la maison, je pus m'offrir un Range Rover flambant neuf, que je garai sur le pont qui enjambait la rivière. J'envisageai d'ailleurs de me remettre sérieusement à la pêche, et de m'inscrire à une association locale.

Avec le travail, je n'avais guère eu le temps de déballer toutes mes affaires depuis le déménagement. Il faisait déjà suffisamment doux pour se passer de chauffage. Je campais presque littéralement dans ma nouvelle maison, et quand Basile faisait ses griffes sur un vieux meuble en bois, je ne le réprimandais que par habitude, me rappelant l'instant d'après que le meuble était désormais à moi.

Le propriétaire m'avait mentionné l'existence d'une cave accessible par une trappe dans un cagibi. Je n'y avais jamais prêté attention jusqu'à ce que je décide de ranger quelques vieux cartons un dimanche. J'allumai la lumière du cagibi et je tirai sur la chaînette reliée à la poignée de la trappe pour l'ouvrir. La trappe résista, comme si elle était scellée au plancher. Je tirai tellement fort que la chaînette se brisa. Agacé par cette résistance, je me munis d'un levier d'acier pour tirer la poignée de la trappe, qui finit par s'ouvrir avec un grincement digne d'une porte restée close pendant des millénaires.

Immédiatement, une odeur atroce m'envahit les narines et me fit tousser. Une odeur à la fois poussiéreuse et nauséabonde, mélange d'humidité, de putréfaction et de renfermé. L'odeur était tellement atroce que le mince filet qu'exhalait l'ouverture de la trappe me donnait la nausée. Je me dis instinctivement que je risquai l'asphyxie à descendre dans un tel cloaque. Toujours instinctivement, je lâchai la poignée pour refermer la trappe – mais elle resta entrouverte, coincée par le rebord du plancher. J'eus beau sauter à pieds joints dessus, elle resta bloquée dans sa position entrouverte.

Je sortis du cagibi en jurant, maudissant mon idée d'avoir ouvert cette trappe, puis je sortis me promener pour me changer les idées. Quand je revins, l'odeur pestilentielle flottait légèrement dans tout le rez-de-chaussée. Furieux, je calfeutrai l'embrasure de la porte du cagibi avec des chiffons mouillés, enfermai Basile à l'étage supérieur, ouvris en grand toutes les fenêtres du rez-de-chaussée et résolus d'aller dîner au restaurant à Annecy.

Un bon repas gastronomique arrosé d'une bonne bouteille de vin dans un hôtel-restaurant étoilé me fit oublier cette contrariété. Je me rendis compte à la fin du dîner que j'avais éclusé la bouteille de vin seul et que j'étais trop ivre pour reprendre le volant. Conscient de mon état, le serveur me demanda si je voulais une chambre pour la nuit. Un peu honteux, j'acceptai et dormis comme un loir, trop content de goûter à ces petits plaisirs que je m'offrais rarement avant la mort de Maman.

Le lendemain, je partis directement au travail avec les mêmes habits et ce ne fut qu'en fin d'après-midi que je rentrai à la maison. En me garant sur le petit pont, je me rendis compte que j'avais laissé Basile tout seul en haut pendant une vingtaine d'heures, sans nourriture ni accès à sa litière. Un éclair de panique me traversa, puis je me rassurai en déverrouillant la porte d'entrée : un chat peut très bien rester plus d'une journée sans manger ni boire ni faire ses besoins. L'odeur nauséabonde s'était plus ou moins dissipée – elle persistait un minimum dans le couloir menant au cagibi. Je fermai les fenêtres du rez-de-chaussée, ouvris la porte de l'escalier, appelai Basile à voix haute puis lui versai bruyamment ses croquettes dans sa gamelle en acier pour le faire venir – mais il ne vint pas. Je fus surpris, car, d'habitude, quand je le laissais seul plus d'une demi-journée, il manifestait son mécontentement par maints miaulements. Avait-il décidé de me bouder ou de se cacher ? Je montai à l'étage pour le chercher.

Je l'aperçus de dos, couché sur un lit dans une chambre, quand la sonnerie du téléphone retentit en bas. Je descendis pour décrocher. C'était le notaire qui me demanda de transmettre mon acte de propriété à la mairie pour qu'elle mette à jour son cadastre. Je lui demandai pourquoi il ne s'en chargeait pas lui-même, et pourquoi la mairie ne me contactait pas directement. Il me répondit qu'il n'était pas habilité à le faire, n'étant pas propriétaire du bien, que la mairie n'était pas officiellement informée de mon changement d'adresse, qu'il lui avait transmis l'acte de vente, mais que je devais transférer également mon acte de propriété, ainsi qu'une attestation sur l'honneur pour indiquer que mon nouveau bien était bien occupé et pas vacant – afin d'éviter d'être soumis à la taxe sur les logements vacants. S'ensuivit une discussion peu compréhensible sur la différence numéraire entre la taxe d'habitation et la taxe sur les logements vacants. Je raccrochai fatigué et allai me reposer dans le vieux canapé. Je m'endormis involontairement, en rêvant que Maman me préparait à dîner. Mon rêve se passait dans notre ancien appartement. Elle m'appelait depuis la cuisine ; j'étais assis aux toilettes et je n'arrivais pas à me lever, car j'avais les jambes ankylosées à force d'être resté assis trop longtemps sur la cuvette.

Je fus réveillé par le passage d'une voiture dont les phares projetèrent un éclair dans la pièce plongée dans l'obscurité nocturne. Comme dans mon rêve, j'avais les jambes ankylosées par le rebord boisé du canapé qui avait coupé ma circulation sanguine sous mes cuisses. Je mis un certain temps à réaliser où j'étais, à me lever et à trouver l'interrupteur pour allumer la lumière de la pièce. La réalité me revenait : j'étais dans la maison, je venais de rêver de Maman, mais je n'avais plus les clés de son appartement, les ayant rendues en avance à l'office HLM. Je reniflais, ayant certainement pris froid au cours de cette sieste involontaire. J'avais faim.

Depuis la mort de Maman, je devais me préparer mes repas tout seul. Je ne savais pas cuisiner grand-chose. Je fis bouillir un demi-litre d'eau pour faire cuire de la soupe en poudre. Après dîner, je me rendis compte que Basile ne s'était toujours pas manifesté. Je retournai à l'étage en allumant toutes les lumières sur mon passage.

Il était toujours couché sur le flanc sur le même lit. Il n'avait pas bougé d'un poil. Il ne bougea pas non plus quand je m'approchai en l'appelant doucement. En le caressant, je sentis que la chaleur avait quitté son corps et que sa fourrure n'était plus soyeuse. Mon pauvre Basile... Je tremble en écrivant ces mots... Puisse Notre Seigneur l'avoir accueilli au paradis des bêtes...

Je n'ai pu dormir cette nuit-là. J'ai appelé les urgences vétérinaires. Ils sont venus le mardi matin à la première heure. Après avoir soumis son pauvre corps à toute une batterie de tests, ils ont conclu que Basile était mort de vieillesse. (Mort de vieillesse, à sept ans... Vous y croyez ?) Selon eux, c'était très rare, mais cela pouvait arriver précocement.

Pendant une période qui me parut ne durer que quelques jours, mais qui dura en réalité plus de deux semaines, je fus dans un état mental que je pourrais qualifier avec le recul de déni. Je continuai à travailler, à rentrer tard le soir, à faire comme si cette maison était parfaitement vivable. Seul mon sommeil était hanté de cauchemars dont je ne me rappelais que des bribes au réveil – bribes qui disparaissaient de ma mémoire en quittant mon lit. Je ne me souviens que d'un cauchemar, de manière si vague que je ne saurais dire s'il fut récurrent ou unique. Je ne me souviens précisément que de la fin : barricadé à l'étage supérieur, j'entendais des inconnus hostiles tambouriner les portes et les murs pour entrer, afin de s'en prendre à ma pauvre mère qui se trouvait au rez-de-chaussée. Un bruit de vitre brisée puis des pas dans l'escalier me firent craindre le pire. La porte de ma chambre s'était volatilisée et je voyais maintenant une procession se diriger lentement vers moi, portant le corps de ma mère – qui m'appelait d'une voix troublante – sur leurs épaules. Elle redressa son torse pour me faire face et son visage portait les traits hideux d'un démon. Ce n'est pas l'aspect de son visage qui m'effraya le plus, mais celui de son corps : elle était entièrement nue.

Il m'arrivait de rêver de Maman. Dans la stupeur du réveil, je mettais un instant avant de réaliser qu'elle n'était plus. Ma mémoire me jouait des tours, et ma notion du temps se distordait. Par faiblesse et par facilité, je me mis à boire plus que de raison.

Un soir, en rentrant d'un restaurant où j'avais dîné et bien bu, j'entendis des miaulements et des grattements provenant de l'étage supérieur. Je me maudis d'avoir laissé Basile enfermé dans une chambre et me précipitai dans l'escalier. J'avais effectivement laissé la deuxième chambre fermée.

Quand j'ouvris la porte, la chambre était vide, seulement meublée par le lit sur lequel j'avais retrouvé le corps de ce malheureux Basile quelques semaines plus tôt. La mémoire me revint comme une branche qu'on écarte et qui vous fouette le visage, tandis qu'un sanglot étrangla ma gorge. Mon pauvre Basile... Pendant tout ce temps, j'avais mis sa mort dans un coin de mon cerveau, et maintenant son douloureux souvenir me hantait.

Cette nuit, il me fallut un mélange d'alcool fort et de médicaments pour trouver le repos. Ma consommation d'alcool et mes nuits tourmentées commençaient à affecter sérieusement mon travail et ma ponctualité, au point que mon collègue Bernard s'en offusqua. Je lui racontai tout et il fit preuve de compréhension ; à l'époque, je le considérais encore comme un ami de confiance. Il me conseilla de ne pas me précipiter pour chercher une autre maison – compte tenu du temps que j'avais mis pour trouver celle des Combes – et d'assister à une réunion des alcooliques anonymes. Il est vrai que je buvais du vin à tous les repas et que je demeurais la plupart du temps dans un état de semi-ébriété.

Cependant, Bernard ignorait que j'avais sérieusement entamé mes économies et que je n'avais pas les moyens de me reloger ailleurs, même en revendant la maison au prix d'achat. Je dépensais une partie substantielle de mon salaire pour manger au restaurant et je buvais pour maintenir le peu d'équilibre qui me permettait de continuer à travailler et à toucher mon salaire. L'idée d'être mis en congé et de devoir passer tout mon temps seul dans la maison me terrorisait plus que tout.

Je décidai de prendre une chambre dans un petit hôtel près d'Annecy où j'avais mes habitudes, un hôtel-restaurant nommé L'Alpiniste. Le personnel commençait à me connaître, mais personne ne me posa de questions. Je gardais des habits de rechange dans une petite valise et faisais laver mon linge sale par la blanchisserie de l'hôtel. Ce séjour à l'hôtel m'offrit un répit mental que je mis à profit pour envoyer des courriers à la mairie, au propriétaire de la maison et à diverses entreprises d'assainissement afin de leur signaler l'insalubrité de la maison due à cette odeur pestilentielle provenant de la cave (je n'osai pas en dire plus).

Je n'avais plus de nouvelles du propriétaire depuis la remise des clés. À chaque fois que j'appelais son numéro, je tombais systématiquement sur son répondeur. Je reçus toutefois une réponse favorable de la part d'une entreprise de maçonnerie qui promit de m'envoyer quelqu'un pour inspecter la cave. Un rendez-vous fut convenu pour le 13 juin en fin d'après-midi.

Le monsieur de l'entreprise de maçonnerie (dont j'ai totalement oublié le nom) arriva à l'heure, presque en même temps que moi qui venais de mon travail. Il constata que l'odeur flottait légèrement dans tout le rez-de-chaussée. Il s'équipa d'un masque à gaz professionnel, de gants, d'une échelle et d'une lampe frontale pour descendre dans la cave. À ma grande surprise, il n'y trouva rien d'autre que du sable humide et des cailloux. Il attribua la cause de l'odeur à la forte humidité due à la rivière toute proche, me recommanda de faire bétonner le sol et les murs, rabota la trappe pour la fermer convenablement, boucha l'encadrure avec une espèce de ruban adhésif anti-odeurs et promit de m'envoyer un devis pour réaliser les travaux dans les plus brefs délais. Croyant avoir trouvé une solution, je rentrai à L'Alpiniste le cœur soulagé.

Mon soulagement fut de courte durée. Le directeur de L'Alpiniste, avec qui j'avais pris l'habitude de converser brièvement quand nous nous croisions dans le hall de l'hôtel, m'informa que l'hôtel devait fermer ses portes pendant une durée indéterminée, car plusieurs membres du personnel étaient sur le point de quitter leur poste, sans qu'il pût leur trouver de remplaçants. Il me donna une liste de tous les hôtels disponibles de la région avec leurs disponibilités et leurs tarifs. En d'autres termes, il me mettait poliment à la porte.

Nous étions le jeudi et je devais quitter ma chambre le lendemain matin. Je passai la soirée au téléphone. J'appelai d'abord l'entreprise de maçonnerie qui accepta de fixer un rendez-vous pour commencer le chantier le mardi suivant. Le chantier devait durer deux jours. Puis j'appelai un par un la liste des hôtels que m'avait remise le directeur de L'Alpiniste, afin de réserver une chambre. Je dus payer plusieurs jours d'avance, ce qui me contraria fortement. Mon sommeil fut court et hanté de cauchemars.

Je ne retournai à la maison que le jeudi suivant, à la fin du chantier. J'avais laissé les clés au maçon qui me les rendit après m'avoir montré les travaux finis. Il avait cette fois disposé un lourd tapis-moquette isolant noir (très peu esthétique) sur toute l'étendue du sol du cagibi. Il me montra les photos de la cave bétonnée. Je ne pris même pas la peine de lui demander d'ouvrir la trappe pour vérifier par moi-même, content de constater que l'odeur pestilentielle avait disparu.

Je ne sais plus quel tarif me demanda le maçon, mais je dus retourner dormir à la maison, car je n'avais plus assez d'argent sur mon compte pour payer l'hôtel.

Je n'ai absolument aucun souvenir de la première nuit – je ne saurais même pas dire combien de temps s'écoula avant que je découvre dans la boîte aux lettres écaillée un courrier de l'office HLM. J'avais pourtant rendu les clés de l'appartement de Maman dans les délais, un mois auparavant. Quelle ne fut pas ma surprise de lire leur proposition de racheter ma maison à prix coûtant afin de la diviser en trois lots qui seraient ajoutés à leur parc immobilier – et donc mis à disposition de futurs locataires…

Je ne savais plus que penser. Ainsi, non seulement ces messieurs-dames de la mairie n'avaient pas pris en compte mon avertissement concernant l'insalubrité de cette maudite baraque, mais en plus, ils avaient anticipé et communiqué à l'office HLM mon souhait de m'en séparer…

La rage succéda à la surprise quand une crise de canicule précoce (nous étions encore en juin) fit grimper la température autour des trente degrés Celsius. La chaleur fit remonter l'odeur pestilentielle de la cave malgré la trappe fermée et le tapis-moquette isolant. L'odeur envahit toute la maison et devint insupportable même à l'étage. Furieux, j'entrepris de rassembler toutes mes affaires avec fébrilité, avec l'intention de demander un emprunt et de chercher une chambre avec climatisation – Dieu sait si c'était difficile à trouver dans notre région pourtant peu encline aux températures élevées.

J'étais en train de descendre les escaliers quand je fus pris de vertiges. Mon pied trébucha sur une marche et je glissai en me heurtant les fesses et le bas du dos sur plusieurs marches. Je dus m'accrocher des deux mains à la rampe pour finir ma descente. Tremblotant, peinant à me relever, j'entendis un faible ricanement résonner, très lointain, mais distinct. C'était une voix de vieille femme.

C'en était trop. Je pris la ferme résolution de détruire la maison de fond en comble.

Je savais que nous gardions à l'entrepôt une caisse de dynamite, qui avait servi à creuser des tunnels dans les années 60, et qui avait été conservée de génération en génération par négligence et par défaut. J'avais bien évidemment la clé de l'entrepôt et pouvais donc m'y rendre à n'importe quelle heure. Pour ne pas éveiller les soupçons, je décidai de me rendre à l'entrepôt à la nuit tombée, après avoir dîné. Je m'abstins de boire ce soir-là, afin d'éviter un bête contrôle d'alcoolémie. Je restai au restaurant jusqu'à dix heures, puis je me rendis à l'entrepôt pour récupérer la caisse de dynamite. Je n'avais plus qu'une petite demi-heure de route pour arriver à la maison. J'avais calculé une heure maximum pour terminer mon opération, et rentrer à mon hôtel vers minuit. Je comptais par la suite déclarer un incendie accidentel. Si des voisins (mais il n'y avait qu'une seule maison habitée par une vieille à moitié sourde sur une colline de l'autre côté de la route) entendaient l'explosion, je comptais prétexter avoir oublié de fermer le gaz.

Je me garai le cœur serein à ma place habituelle sur le petit pont. Je mis un masque facial pour ne pas avoir à soutenir l'odeur immonde qui avait envahi toute la maison. Je tournai la clé dans la serrure d'une main ferme, résolu à en finir, et sortis la lourde caisse de dynamite de ma voiture. J'allumai le couloir, ouvris la caisse à l'aide d'un levier et entrepris de sortir les bâtons de dynamite un par un. C'est alors qu'une voiture se gara sur le bas-côté de la route. Pris de panique, j'éteignis la lumière en espérant que ce fût juste un conducteur pressé d'uriner. Mais bientôt je vis se profiler deux lueurs de lampes-torches, suivies par deux voix masculines qui m'appelèrent par mon nom. C'était la gendarmerie.

Je ne résistai pas à l'interpellation. Ils me passèrent les menottes et me firent monter à l'arrière du fourgon. Sur le trajet, ils ne me posèrent aucune question. Ce n'est qu'à l'issue des nombreux interrogatoires que je compris ce qui s'était passé : mon collègue Bernard avait détecté mon vol d'explosifs grâce à une caméra de surveillance installée à mon insu et prévenu immédiatement les gendarmes par crainte d'un passage à l'acte. Les gendarmes avaient pris la menace très au sérieux et avaient décidé de se rendre sur place pour m'interpeller en flagrant délit.

J'appris également que mon courrier à la mairie avait fait jaser parmi les habitants de la petite commune, et que d'anciennes inimitiés avaient mis cela à profit pour me discréditer.

Au terme de tribulations judiciaires qui me parurent à la fois incroyablement complexes et insignifiantes, je finis par être déclaré atteint de troubles psychiatriques, pénalement irresponsable, et je fus interné dans cet hôpital d'où je vous écris.

Aussi terne que soit mon quotidien dans ce triste établissement, c'est un havre de paix comparé à l'enfer que renferme cette maison. Je n'ose pas penser à ce que vont vivre les malheureux qui commettront l'imprudence de s'y installer à ma place.

J'ai fait le vœu de lutter contre les pensées mauvaises inspirées par le Diable. Tous les matins, je prie le Seigneur pour qu'Il prenne pitié de mon âme, qu'Il préserve les futurs habitants et qu'Il mette fin, de quelque manière que ce soit, à la diablerie qui s'exerce en cet endroit. Je sais qu'Il m'a déjà pardonné. Si un jour je sors, avec Son consentement, j'irai finir ce que j'ai commencé.

À ma défunte mère, Jeanne Bélier

Du même auteur, disponibles en auto-édition :
Le Totalitarisme Libéral, essai, 2021
Vision idyllique d'une époque traumatique, récit, 2016
Nightwards, Forwards, Deathwards, poésie, 2016
Esthétique du désespoir, poésie, 2016

En chantier :
Chroniques au Vitriol, critiques de cinéma
Les Combattants de la Foi, livre-jeu fiction

Contact : vordak@hotmail.com